KB042099

아름다운 식탁

● 권선옥 지음 ●

아름다운 식탁

책과나무

오
직
감
사
할
뿐

세상은 아름답다고 생각하지만 때로는 적막하다. 표창처럼 살을 찌르는 칼바람과 눈보라가 몰아치는 날도 있었다. 그러나 세상은 늘 그런 적막강산寂寞江山은 아니었다. 허허 벌판을 헐벗고 헤매는 나에게 달려드는 냉기를 막아 나를 감싸주고 나를 충전시켜 준 이웃들이 있었다. 그들이 아니었다면 어쨌을까. 조금만 마음을 열고 주위를 둘러보면 다정한 이웃들이 거기 있었다. 누구를 그리워하는 것만으로도 마음이 훈훈해지고, 어떤 일을 떠올리는 것만으로도 편안해졌다. 다만 내 마음이 옹색하여 늘 세상과 사람에 치여 사는 것은 아닐까.

나의 글에 등장하는 다정한 이웃들에게 깊이 감사한다. 늘 나를 품어 준 텃밭과 그 안에서 씩씩하게 자라나 나에게 기쁨을 준 여린 생명들도 고맙기는 마찬가지이다. 이 책은 그들에게 보내는 나의 감사 편지이다.

선뜻 좋은 그릇에 내 글을 담아 주신 도서출판 책과나무의 양옥매 사장님께도 감사드린다.

– 2018년 동짓달에

권선옥

선
물

그동안 나는 여러 사람으로부터 참 많은 선물을 받았다.

누구에게 무엇을 준 것보다 훨씬 더 많은 것을 받았다.

물질적으로만 그런 것이 아니라 마음도 그랬던 것 같다.

그 많은 선물 중에 어느 것 하나 값지지 않은 것이 있으랴마는

유난히 가슴이 뭉클했던 선물이 있다.

세상에서 제일 큰 새장

나는 수백 마리의 새를 키우고 있다. 아니, 그보다 훨씬 더 많아서 천마리가 넘을지도 모른다. 종류도 다양하다. 아주 비싼 품종은 없지만 골고루 갖춰진 것으로는 손색이 없다. 새들이 날갯짓을 해서 솟아오르면 후두둑후두둑, 하고 소리가 난다. 내 새들은 새장 속을 힘차게 날아다닌다.

새장도 내 새장보다 더 큰 것은 없을 것이다. 새장은 새들이 활동하기에 최적의 환경이다. 새장 속에는 나무와 풀도 있고, 넓은 밭도 있다. 계절에 따라 비가 내리기도 하고, 눈이 내리기도 한다. 새들은 새장 속을 시원스럽게 날아다닌다. 아마도 세상의 기르는 새들 가운데 내

새만큼 운동을 많이 하는 새는 없을 것이다.

나는 거실에 앉아 콩을 가위로 잘게 자르고 있었다. 출가하여 오랜만
에 다니러 온 딸아이가 내게 물었다.

"아빠, 뭐 하시려고 그렇게 정성스럽게 그래요?"

"응. 새한테 주려고 그래."

"우리 새 키워요?"

"아하, 무슨 새 키워요?"

"종류가 여럿이지. 참새가 주로 많지만, 비둘기도 있고… 웬만한 새
는 다 있어."

딸아이가 나를 빤히 쳐다본다.

"새장은 어딨어요?"

"새장은 문밖이 다 새장이지."

이래서 나는 많은 새를 키우는 새장 주인이 된 것이다.

나는 콩 농사를 조금 짓는데, 농부들처럼 제때에 맞춰 농약을 하지 않
아서 벌레 먹은 콩이 많다. 그것을 그냥 버리지 않고, 새들한테 주기
로 한 것이다. 한겨울이 되면 먹을 것이 없어서 새들은 우리 집 마당
에까지 와서 먹을 것을 찾는다. 담이 센 놈은 현관 앞을 기웃대기도
한다. 추위 속에 저것들이 얼마나 배가 고프면 그럴까 싶어, 동정이
간다.

착하고 성실한 농사꾼이었던 아버지께서 늘 말씀하시기를, "곡식 한 알도 소중히 여겨야 한다. 사람이 먹지 못하면 그냥 버려서 썩게 하지 말고, 돌 위에 올려놓아 새라도 먹게 하여야 한다."라고 하셨다. 땀 흘려 지은 곡식이 썩어 버리는 것은 농부로서 속이 상하는 일일 것이다. 아버지의 말씀은 내 머리에 깊이 새겨져 있어서 나는 먹을 것을 늘 소중하게 생각한다.

콩을 통째로 새에게 주면 작은 새는 입도 작아서 그 콩을 먹을 수 없을 것 같다. 그래서 나는 콩을 작게 조각내어 주는 것이다.

내가 텃밭에 콩 조각을 뿌려 놓으면 우리 새들이 와서 먹고 튼튼하게 잘도 자란다. 내 방 창문 앞의 매실나무에 와서 온갖 애교로 나를 기쁘게 한다. 또 자두나무에는 주로 참새들이 모여 앉는데, 그 밑에 하얗게 똥을 싸 놓는다. 그럼으로써 내가 새를 많이 키우고 있다는 것을 확인시켜 주는 것이다.

이 세상 모두가 나의 새장이고, 그 안에 있는 새는 모두가 내 새이다.

좌충우돌 초보 운전

몇 년 전부터 정년에 대비하여 연습 삼아 콩 농사를 시작했다. 정년에 대비하여 미리 농사를 익혀 두자는 계산에서였다. 내가 너 마지기나 되는 논에 콩을 심자 동네 사람들은 기대 반 걱정 반으로 우리 논을 지켜보았다. 남이 한다고 해서 깊은 생각 없이 덥석덥석 따라 하는 것은 철모르는 어린아이나 하는 짓이라는 듯 꾸중의 눈빛이 역력했다. 농사로 뼈가 굵고 몇 십 년을 계속해 온 당신들도 농사일에 힘이 부친데, 하물며 어려서부터 책상머리나 지키던 네가 어찌하려느냐는 심사였다. 동네 어른들에게 나는 그늘에 앉아 노래나 부르는 베짱이로 생각될 터였다.

파종 시기를 놓칠까 서두르느라 물을 잔뜩 머금은 논을 갈았다. 물먹은 진흙은, 트랙터가 아무리 힘이 좋다 하여도 흙이 곱게 부서지지 않았다. 그래서 목침木枕 덩이만 한 흙덩이 사이로 콩을 넣고 대충 덮었는데도 며칠이 지나자 콩이 싹을 틔웠다. 그것은 순전히 천우신조였다. 내가 콩을 심자마자 계속하여 비를 내리신 덕택이었다. 작은 콩알에서 싹이 트고 그것이 자라 콩밭이 점점 푸른빛으로 변해 가는 것을 지켜보는 것은 더할 나위 없는 기쁨이었다.

천지신명의 보살핌과 농네 어른들의 노심초사로 나는 그런데로 콩 농사를 마쳤다. 식물은 사람의 정성을 배반하지 않는다. 가을이 되자 잎을 떨군 콩들이 발등에서 정수리까지 콩깍지를 매달고 서 있는 것이 가히 장관이었다. 어떤 놈은 너무 많은 짐을 지고 있는 것 같아서 안타깝기도 했다. 콩 농사를 극구 말리던 아내도 콩밭에 가면 콩이 줄지어 서 있는 꼬마 병정들 같다고 얼굴에 웃음이 가득했다. 다행히, 콩의 종자가 좋아서 여물고 나서도 튀지 않아 때를 놓치고서도 콩밭은 끄떡없었다.

일꾼을 얻어 겨우겨우 콩을 꺾어는 놓았는데 집으로 들여올 재간이 없었다. 내가 할 수 있는 것은 작은 손수레에 실어 나르는 것이었다. 아이들 소꿉장난하듯이 하는 짓을 보다 못한 동네 형님이 경운기로 날라 주었다.

산 넘어 산이었다. 이제는 그 콩을 타작하는 것이 문제였다. 마당 귀퉁이에 쌓아 두고 한 달이 지나고 두 달이 지나도 나는 밖으로만 나돌

뿐이었다. 그사이에 들쥐들이 다 모여들어 포식을 하였다. 그러나 내 힘으로는 어찌할 방도가 없었다. 도리깨질을 할 수도 없고, 농협에서 콩 타작기를 대여하고 있었으나 그 또한 엄두가 나지 않았다. 콩더미 위에 눈이 내려 쌓였다가 녹기를 여러 차례. 나는 봄이 되면 어떻게 해 볼 요량이었다. 일단 일을 미뤄 두고 나면 마음이 편하다. 그렇게 겨울을 날 셈이었다.

어느 토요일, 가까이 지내던 동네 아저씨가 나를 찾았다. 무슨 일인가 하고 나가니 친척 아저씨와 동네 형님 한 분이 더 있었다. 콩 타작을 하자는 것이었다. 우리 집이 길가여서 지날 때마다 겨우내 눈비에 젖었다 마르기를 반복하는 콩더미가 눈에 거슬렸던 모양이다. 이제나 저제나 타작할 날을 기다려도 그럴 기미가 전혀 보이지 않으니 오히려 동네 어른들 속이 탔던 모양이다. 성질 급한 사람이 술값 내는 격이었다. 동네에서 콩 타작기를 빌려다가 시작한 콩 타작은 다음 날에야 매듭을 지었다. 다음 해에는 동네 형님이 도리깨를 가지고 와서 두들겨 콩 타작을 해 주었다.

아내는 그렇게 이웃들의 신세를 지니 차라리 그만두라고 했다. 아내의 집요한 설득에도 불구하고 나는 고집을 꺾지 않았다. 그러자 아내가 하소연을 했는지 동네 어른들까지 거들었다. 논에는 벼농사를 짓는 것이 일거리가 적다고 벼농사를 권하였다. 망설임 끝에 올해는 논에 벼를 심었다. 아버지를 도와 모를 심어 보았지만, 내 책임으로 모를 심는 것은 생애 처음이었다.

모내기를 하는 날, 이앙기가 지나는 자리마다 줄을 맞추어 모가 심겼다. 논두렁에 서서 그것을 바라보고 있노라니, 그야말로 감개무량이었다. 예전에는 모내기를 하는 날이면 이웃을 불러 모밥(처음 모내기 하는 날 먹는 밥)을 함께 먹었다. 옛 생각이 나서 그날 저녁, 가까운 몇 사람을 불러 저녁을 함께 먹으며 모내기를 한 기쁨을 나누었다.

벼농사가 일거리가 적다는 말은 나에게 터무니없는 말이다. 모내기를 하고 나니 군데군데 모가 심기지 않은 빈자리가 눈에 띄었다. 그 빈자리를 때우느라 며칠을 고생했다. 눈앞에 빈자리가 있는 것을 보고는 논에 들어가지 않을 수가 없다. 허벅지까지 올라오는 물장화를 신고 논에 들어가면 고운 가루로 반죽을 한 듯, 논바닥의 흙이 내 발목을 잡고 놓아주지를 않는다. 한 발을 빼면 다른 발이 이미 깊은 수렁에 빠져 있다. 그렇게 안간힘을 써도 일이 끝나지 않았다. 일이 끝나기 전에 내가 지쳐 쓰러질 것 같았다. 하다하다 안 되겠다 싶어 나는 논 귀퉁이에 두었던 모판을 모두 물 밖으로 내던졌다. 빈자리를 때울 모가 없어야 일이 끝나겠다 싶어서였다.

그 꾀로 나는 모를 때우는 일에서는 해방되었으나, 요즘에는 논에 물을 대느라 아침저녁으로 논두렁을 헤집고 다닌다. 아침부터 물을 대기 시작하였으나 물이 차오르지를 않아 논두렁을 뒤지면 어김없이 두더지가 파 놓은 구멍으로 물이 콸콸 쏟아져 내린다. 나는 하루 종일 아래 논에 물을 대 준 것이다. 또 저녁에 논에 물을 가득 대고 나서 아침에 보면 물이 모두 잦아들었다. 모를 심기 전에 물이 새어 나가지 않게 논두렁을 단단히 다졌어야 하는데 내가 그 일을 건너뛴 업보이다. 호미로 막을 것을 가래로 막는다는 말이 있는데, 가래질을 하지 못하는 나는 막을 방도가 없다. 농사꾼으로서 초보 운전 중인 나는 좌충우돌, 날마다 사고를 친다.

이웃들은 각종 씨앗을 주고, 재배법을 훈수하는 것은 기본. 밭둔덕에 심은 돔부의 지주를 세워 주지 않자 대나무 가지를 한 아름 꺾어다 주기도 하고, 진딧물이 기승을 부리면 어느새 농약을 쳐 주기도 한다. 나의 농사일은 이렇게 이웃들의 도움으로 유지한다. 이를 통해서 이웃에 대한 고마운 마음을 늘 가지고 산다. 그러니 이웃도 세상도 아름답다. 그러나 아마도 아내는, 내년에는 무슨 농사든지 내가 짓지 말고 땅을 내주라고 할 것만 같다.

텃밭의 즐거움

아침에 일어나자마자 텃밭으로 간다. 잠이 덜 깬 아기 배추가 기지개를 켠다. 이마에는 이슬이 가득하다. 눈을 부비며 꾸벅 인사를 한다. 밤새 얼마나 자랐는지, 벌레들이 와서 괴롭히지는 않았는지 찬찬히 살펴본다. 다행히 침입자는 없었나 보다.

어린 모종을 옮겨 심으면 저 어린것이 낯선 땅에서 뿌리를 내릴까 걱정이다. 그러나 며칠이 지나면 잎이 거무스름해진다. 새로운 땅에 뿌리를 내려 건강해졌다는 신호이다. 이것을 땅 냄새를 맡았다고 한다. 이맘때의 배추는 하루가 다르게 자란다. 아침이 다르고 저녁이 다르다. 이렇게 자라나는 것들을 지켜보는 일은 참으로 즐거운 일이다.

아이를 키우는 재미에 비길 만하다. 엄마가 자주 아이의 키를 재고 몸무게를 재듯이, 하루에도 몇 번씩 텃밭에 나간다. 이런 때는 아침에 살펴보고 출근을 했다가 퇴근을 해서 또 배추밭으로 향한다. 저녁 약속으로 밤에 귀가하는 날은 얼마나 자랐는지 궁금해서 손전등을 들고 가서 보기도 한다.

어제보다 팔이 더 길어졌다. 옆에 서 있는 친구의 팔을 잡으려는 듯이 온 힘을 기울여 팔을 벌린다. 처음에는 멀찌감치 떨어져 있던 것들이 점점 더 가까워진다. 그러다가 마침내 서로 손을 맞잡는다. 그리고 얼마가 지나면 어깨를 부딪치게 되고, 또 등을 서로 맞댄다. 이렇게 배추는 무럭무럭 자라서 마침내 큰 포기로 자란다.

그런 재미로 텃밭을 가꾼다. 이 재미를 모르는 사람들은 무엇 하러 그 고생을 하느냐고 묻기도 한다. 고생이라니? 무슨 그런 천만의 말씀을. 이건 고생이 아니라 아주 고급스런 취미 생활이다.

운동을 하는 데 많은 돈을 들이는 사람들이 있다. 또 운동을 하기 위하여 먼 길을 가기도 한다. 그런 운동은 아무 때나 하고 싶을 때에 하기도 어렵다. 그러나 텃밭을 가꾸는 일은 많은 비용을 요구하지도 않고, 몇 분이면 도착하는 가까운 곳에 있으며, 잠깐이라도 내가 하고 싶을 때마다 할 수 있는 일이다.

그리고 그 생산물을 이웃에게 나누어 주었을 때의 기쁨도 매우 크다. 돈으로 치면 몇 백 원에 불과하다. 그런 선물은 액수가 적어서 누구에

게 주기도 어렵다. 그러나 내가 텃밭에서 가꾼 채소를 전해 주었을 때
에 상대는 상당히 만족해한다.

텃밭을 가꾸는 일은 구태여 할 필요도 없는 일이고, 해 봤자 소득도 없
는 일이다. 그러나 무엇보다도 크나큰 즐거움을 주는 일임에 틀림없다.
텃밭에는 무궁무진한 즐거움이 있다.

텃밭의 괴로움

텃밭은 내게 즐거움만 주는 것은 아니다. 그러면 오죽이나 좋으련만 텃밭은 내게 또 많은 괴로움을 준다.

내가 가꾸는 텃밭이 내 분수로는 너무 넓다. 그러나 텃밭이 주는 즐거움에 홀려 그 면적을 줄이지 않는다. 그러다 보니 텃밭은 때로 내게 괴로움을 주기도 한다. 텃밭에서 즐거움을 얻기란 거저 이루어지는 일이 아니다.

텃밭에는 두 가지 암초가 있다. 그 하나는 잡초요, 그 둘은 돌멩이다. 이것들은 그냥 없어지는 법이 절대로 없어 반드시 사람의 손이 닿아야 한다. 잡초는 눈에 띄면 바로 뽑아내야 한다. 작은 것이라고 깔보았다가는 금세 덩치가 커져 호미로 막지 못하고 가래로 막아야 한다. 그나마 돌이 자라지 않는 것이 큰 다행이다. 농사를 짓는 것은 잡초와의 싸움이라고 한다. 정말, 잡초만 나지 않는다면 농사를 짓기가 얼마나 쉬울까.

사람들이 내가 텃밭을 가꾼다고 하면 무엇을 심었느냐고 묻는다. 그럴 때에 내 대답은, "잡초를 기릅니다."이다. 그렇다. 우리 텃밭에 가장 많이 자라는 것은 잡초이다. 내가 심어 가꾸는 농작물보다 몇 배나 많은 잡초가 자란다. 내가 풋내기 농부이면서도 정성을 기울이지 않는 건달 농사꾼인 까닭이다. 그러나 그보다 더 합당한 이유는 잡초의 왕성한 생명력 때문이다.

내 분수를 생각지 않고 나는 텃밭에 제초제를 쓰지 않는다. 제초제를 쓰지 않은 이유는 그 독성을 두려워한 때문이기도 하며 내가 제초제를 뿌릴 주변머리도 되지 못하기 때문이다. 그래서 한 해, 두 해, 제초제를 쓰지 않다 보니 이런 땅에 죽음의 제초제를 뿌리기가 아쉬운 마음에 십 년이 지나고 이십 년이 지났다.

그러는 사이에 채소보다 몇 배나 크게 자란 잡초의 씨는 텃밭에 골고루 뿌려졌다. 잡초의 씨는 뿌려진 이듬해에 모조리 나는 것이 아니라 두고두고 여러 해에 걸쳐 싹을 틔운다. 그래서 우리 텃밭은 늘 잡초의 천국이다.

지나는 마을 사람들은 끌끌 혀를 찬다. 풀을 제대로 매지도 못하는 나의 무능과 게으름을 안타까워한다. 그리고 제초제를 뿌릴 것을 권한다. 그럴 때마다 나는 건성으로 대답할 뿐이다. 그러면서 잡초를 원망한다.

잡초는 장소를 가리지 않으며, 때를 가리지도 않는다. 이른 봄에 나기 시작한 잡초는 한여름에 왕성하게 자란다. 장마가 지면 손을 대지 않는 사이에 부쩍 키가 자라고 이리저리 줄기를 뻗는다. 잡초 가운데 제일로 성가신 것은 쇠비름과 바라구이다. 쇠비름은 뿌리가 뽑혀서 시들시들 마르다가도 땅 냄새만 맡으면 되살아난다. 또 바라구는 작물 아래 몸을 숨기고 무한정 줄기를 뻗는다. 줄기가 땅에 닿으면 마디마다 뿌리가 나온다. 원뿌리를 잘라도 새로 난 뿌리의 힘으로 죽지 않는다. 그들의 생명력은 가히 존경할 만하다.

돌은 음흉하다. 잡초가 겉에 드러나는 것과 달리 돌은 늘 땅속에 숨어 있다. 덫처럼 저를 드러내지 않고 조용히 숨어서 호미가 다가올 때를 묵묵히 기다린다. 작은 것이라고 얕잡아 보아서는 안 된다. 작은 것이라고 업신여겼다가는 늘 그 대가를 치러야 한다. 몸을 움츠려 숨었다가 여지없이 호미를 가로막는다. 끝내 아는 체를 하지 않을 수 없다.

잡초가 끈질기고 너저분하다면 돌은 성질이 칼칼하다. 잡초는 뽑은 자리에서 다시 새싹이 돋아나지만, 돌은 한번 주워 내면 끝이다. 잡초에 비하면 돌은 양반이다.

그러나 돌이건 잡초건 없어야 할 것들이다. 돌이 오줌을 누어서 작물의 거름이 된다면, 작물이 옆에 있는 잡초의 끈질긴 생명력을 본받는다면 얼마나 좋을까. 그렇게만 된다면 텃밭을 가꾸는 일이 정말 즐겁기만 할 것이다.

잡초의 미덕

잡초는 농사꾼들을 지독히도 괴롭힌다. 그렇다 해서 잡초를 마냥 나무랄 수만은 없다. 나는 때때로 잡초를 보면서 저런 것은 사람이 좀 본받았으면 좋겠다는 생각을 한다.

첫째, 잡초는 끈질긴 생명력을 가졌다. 생명을 잉태한다거나 새로운 생명이 태어나는 것은 경사스러운 일이다. 그러나 잡초가 싹을 틔울 때에 기뻐하거나 반기는 사람은 없다. 잡초는 축복 대신 저주받는 생명으로 태어난다. 태어나서도 누가 도와주기는커녕 눈에 띄는 대로 자르고 뿌리를 뽑는다. 뿌리째 뽑혀도 쉬이 삶을 포기하지 않는다. 죽음의 목전에서도 생명을 포기하지 않고 다시 살아나려고 안간힘을 쓴다. 시들시들 말라 가다가도 땅에 닿거나 습기가 있으면 생명을 회복한다. 잡초는 축복받지 못하는 생명으로 태어나 온갖 박해 속에서도 무성하게 자란다. 하나의 생명으로 본다면 참으로 기특한 일이다.

둘째, 잡초는 차지한 자리를 내줄 줄 안다. 사람은 한번 자리를 차지하면 일어설 줄 모른다. 그래서 여러 가지 규정을 두어 그 자리에서 일으켜 세운다. 그러나 잡초는 제가 물러설 때를 지킨다. 한 잡초가 무성하게 자라다가도 때가 되면 씨앗을 맺어 땅에 뿌리고 자취를 감춘다. 그러면 다른 잡초가 다시 왕성하게 자라 그 땅을 차지한다. 그래서 잡초는 여러 종류가 함께 대를 이어 자랄 수 있다.

셋째, 잡초는 사명감이 철저하다. 잡초는 따뜻할 때에 태어나면 기세 좋게 자라나서 느긋하게 건강한 씨를 맺는다. 그러나 철에 늦게 나면 키를 키우지 않고 씨를 맺는 데에 힘을 집중한다. 한겨울에 싹이 트면 몸피를 많이 늘리지 않고 작은 몸으로도 서둘러 씨를 맺는다. 종족을 보존하려는 철저한 사명감이야말로 우리가 본받아야 할 점이다.

넷째, 잡초는 유비무환의 정신이 투철하다. 잡초는 어느 정도 자라면 만일에 닥칠 위험에 대비한다. 그래서 땅으로 기어 다니며 줄기에서 뿌리를 낸다. 원래의 뿌리가 잘리더라도 새로 내린 뿌리의 힘으로 살아갈 수 있다. 바랭이 같은 풀은 마디마다 뿌리가 나서 저마다 하나의 독립된 생명체로 살면서 무성하게 자란다.

이렇듯 잡초는 여러 가지 미덕을 가졌다. 그래서 사람들의 끈질긴 박해 속에서도 멸족滅族하지 않는다.

선물

그동안 나는 여러 사람으로부터 참 많은 선물을 받았다. 누구에게 무엇을 준 것보다 훨씬 더 많은 것을 받았다. 물질적으로만 그런 것이 아니라 마음도 그랬던 것 같다. 그래서 여러모로 빚이 많다.

그 많은 선물 중에 어느 것 하나 값지지 않은 것이 있으랴마는 유난히 가슴이 뭉클했던 선물이 있다.

내가 담임을 했던 숙자는 참 착한 아이였다. 열심히 공부하고 말도 잘 들어서 나무랄 것이 없었던 아이였다. 다만 열심히 노력하는 것에 비해 성적이 쑥쑥 오르지 않아서 나를 늘 속상하게 했다. 그 숙자가 대학에 진학을 하고 나서 스승의 날에 학교를 찾아왔다. 그리고 나에게 선물을 주었다.

"선생님, 제가 만든 잠옷이에요. 사모님께 드리고 싶어서 가져왔어요."
하며 예쁘게 포장한 꾸러미를 주었다. 숙자는 집안 형편이 어려워서 낮에는 언니네 봉제 공장에서 일하고 야간에 대학을 다니고 있었다. 그 공장에서 졸린 눈을 부릅뜨며 숙자가 정성껏 만든 잠옷. 그것을 어찌 값을 매길 수 있겠는가.

또 다른 선물은 학생의 외조부로부터 받은 선물이다.
어느 날 밖에서 점심을 먹고 들어오는데 낯선 노인 한 분이 계셨다. 무슨 일로 학교에 오셨는가 여쭈었다. 노인은 참전용사이신데 인근에 행사가 있어 오셨다가 외손자가 다니는 학교에 와 보고 싶어서 오셨다는 대답이었다. 다소 쌀쌀한 날씨여서 노인이 추워 보였다. 그래서 내가 교장임을 밝히고 교장실에서 차를 한잔하고 가시라고 권했다.
차를 마시고 나서, 노인은 외손자가 공부하는 교실이 보고 싶다고 하셨다. 나는 노인을 인도하여 교실에 갔다. 내가 부임하여 교실 환경을 개선하던 중이라 교실이 어수선했다. 말씀은 하지 않으시지만 마뜩치 않으실 것 같았다. 그래서 저간의 사정을 말씀드리고 교실이 다 정돈되면 연락을 하겠으니 다시 오시라고 하였다. 정돈 뒤에 학교를 방문하셔서는 매우 흡족해하셨다. 그 뒤로 연하장을 보내시고, 때때로 안부 인사를 잊지 않으셨다.

인품이 훌륭하시고, 예의범절도 양반의 후예답게 엄격하셨다. 여러 모로 본받을 점이 많은 분이었지만, 특히 효성이 지극하셨다. 늘 하시는 말씀이 "내가 효성이 부족하여 선친께 효도를 못하여…"였다.

어느 추운 겨울, 눈보라가 치는 날이었다. 지수 할아버지께서 오셨다. 손에는 무거워 보이는 분홍색 보따리를 들고 계셨다. 그 추위 속에 팔십 노인께서 손수 집에서 키우는 오계를 먹을 수 있게 손질하여 가져오신 것이다. 나는 선물을 받아 들고 어안이 벙벙했다. 내가 이런 귀한 선물을 받을 자격이 있는가. 선물을 받을 때마다 하는 생각이지만, 아무래도 나에게는 분에 넘치는 선물이었다. 선물을 받으면서 이처럼 난감하고 황송했던 적은 없었다.

내가 새로운 학교의 교장이 되어 업무를 시작한 지 며칠 지나서였다. 나의 부임을 축하해 주기 위하여 여러 손님들이 오셨다. 그날도 몇 분이 함께 오셔서 축하의 말씀들을 해 주셨다.

인사를 주고받다가 보니 선경이 어머니가 혼자서 머리를 숙여 기도를 하고 계셨다. 혼자라면 몰라도 여럿이 함께 있는 자리에서 혼자만 기도를 하기는 쉽지 않은 일이다. 그런데도 그분은 홀로 간절히 기도를 해 주셨다. 나는 가슴이 뭉클했다. 내가 교장으로서의 소임을 잘할 수 있도록 해 달라고 기도하셨으리라.

나는 내 힘에 겨운 일이 있을 때마다, 또 내가 나태해지려 할 때마다 선경이 어머니의 기도를 생각했다. 그 기도는 내가 재직하는 내내 때로는 큰 힘을 주었고, 지혜와 인내심을 가지게 했다. 이미 퇴직한 지 여러 해가 되었건만 나는 아직도 때때로 혼자 손을 모아 기도하던 선경이 어머니의 모습을 떠올리곤 한다. 그 기도는 참으로 잊을 수 없는 귀한 선물이었다.

나이 듦, 그리고 나잇값

젊음은 아름답다. 단단한 육체와 지칠 줄 모르는 체력도 아름답지만, 그보다도 가슴에 뜨거운 이상을 품었기 때문에 더욱 아름답다. 어느 수필가는 「청춘 예찬」이라는 명문名文에서 '사람은 크고 작고 간에 이상이 있음으로써 용감하고 굳세게 살 수 있다'고 하였다. 어린아이가 순진하다고 하나 큰 뜻을 품기 어렵고, 노인은 지혜로우나 자기 욕심의 늪에서 헤어나기 어렵다.

이 세상에는 자신의 부귀영화는 말할 것도 없고, 헐벗고 굶주린 자식들을 위하여 자신의 목숨을 걸고 노력한 부모가 무수히 많다. 그러나 그들이 이상을 품었었다고는 말하지 않는다. 그들이 행한 노력은 값어치 있는 일이기는 하나 자신이나 제 자식을 위해서였으므로 높이 평가하지 않는다. 저 자신을 위해서 하는 일, 자식(새끼)을 위해서 하는 일은 모든 동물이 다 하는 일이다.

연전年前의 일이다. 건강 진단을 하러 병원에 갔었다. 검사를 위해 가운으로 갈아입으라기에 지정한 장소에 가니, "어르신 이것을 입으세요." 한다. 나에게 하는 말이 아닌 줄 알았다. 내 뒤에 어느 노인이 있나 하고 뒤놀아보니 아무도 없다. 그 말은 나에게 하는 말이었다. 가슴이 뜨끔하였다. 날더러 어르신이라니….

이젠 육십이 훌쩍 넘었다. 이젠 어르신이라는 호칭에도 익숙해졌다. 정말 나는 어르신이 되었을까. '어르신'이라는 말속에는 나이 먹음에 대한 일말의 존경심 같은 것이 내포되어 있는데, 정말 나는 어르신이라고 할 만한가. 가끔 스스로에게 묻는다. 아직도 내게는 헛된 욕망이 꿈틀대는데 어르신이라고 존중받아도 되는가.

단순히 나이를 먹었다고 젊은이들에게 존중하랄 수는 없는 일이다. 나이가 들어서도 하찮은 욕망을 이기지 못하는 사람은 보는 이를 안타깝게 한다. 나이를 먹었으면 나잇값을 하여야 한다. 부질없는 욕망을 억제할 줄 알아야 하고, 남을 위해 양보와 희생도 하여야 한다. 그래야 제대로 나이를 먹었다고 할 수 있고, 그런 사람이라야 나이 든 사람으로서 존중의 대상이 될 수 있다.

어린아이는 제가 더 많이 가지려고 하찮은 욕심을 부려도 크게 탓하지 않는다. 어린아이는 으레 그러려니 하기 때문이다. 그러나 나이가 들어서도 그것을 고치지 못하면 손가락질을 면할 수 없다. 사람이 성장하여 이성이 발달하면 자신의 욕망을 억제할 줄 알게 된다. 남들 앞에서 자신의 욕망을 드러내는 것을 부끄러워하고, 이런 생각이 욕심을 억제하게 한다.

늙으면 아이가 된다고 한다. 노인이 되면 아이처럼 변하는 사람이 있다. 생각이 단순해지고, 따라서 하고 싶은 일이 타당한가를 생각하지 않는다. 그저 내가 하고 싶은 일을 할 뿐이다. 아이는 투정을 부리고 욕심을 내는 것도 아이다워서 귀엽다. 그러나 늙어서 욕심을 부리는 것은 볼썽사납다.

이제 나는 외국 여행을 가도 사진을 많이 찍지 않는다. 사진을 찍어도 그것을 인화하여 보관하는 일은 더욱 드물다. 디지털 카메라나 스마트폰으로 찍은 사진은 구태여 사진을 만들지 않고서도 볼 수 있다. 그 상태로 얼마 동안 보고 나서 지운다.

얼마 전에는 가지고 있던 사진을 정리했다. 오래전부터 하는 일이지만, 이번에는 좀 더 과감히 많은 것을 버렸다. 사진 한 장 한 장이 한때의 추억이 담겨 있는 것이기는 하다. 그리고 사진 속의 동행들은 어떤 시절에는 나와의 거리가 가까웠던 사람들이다. 그러나 지금은 멀리 떨어진 사람, 그래서 그 사진이 필요할지도 모른다. 그렇지만 그 인연이 다한 사람을 사진 속에서 붙들고 있은들 무슨 소용이랴.

나이 들어서까지 욕심을 버리지 못하는 사람을 볼 때마다 '나는 저러지 말아야지.' 하고 다짐을 한다. 이제 서서히 무엇을 버리고, 그 흔적을 지우는 데에 익숙해져야 한다. 이제는 새로운 무엇을 가지려고 하기보다 가진 것을 제자리로 돌려보내야 한다. 나는 가진 것이 많지 않으니 보낼 때에도 그리 섭섭지는 않을 것이다. 다행이다.

영광과 고통 사이

나이가 들면서 영광스럽게도 결혼식을 주례하는 일이 있다. 대개는 가까운 친구의 자녀나 우리 학교 졸업생들이다. 사람의 운명을 좌우하는 큰 일 두 가지는 누구를 부모로 하여 이 세상에 태어나는 것과 누구를 배우자로 선택하는 것이다. 누구를 부모로 하는 것은 자신의 의지대로 하지 못하는 불가항력적인 일이다. 그러나 배우자를 누구로 할 것인가는 자신의 의지대로 할 수 있는 일이다.

그래서 사람들은 결혼을 하는 데에 온갖 정성을 다한다. 상대를 선택하는 것, 그리고 그 사람을 배우자로 결정하는 절차 역시 정성을 기울인다. 결혼식의 주례를 선택하는 일 역시 매우 신중하게 한다. 주변의 인사 가운데 새 출발을 축하해 주고 복을 가장 잘 빌어 줄 사람을 고른다.

그러므로 결혼식의 주례가 되는 것은 대단히 영광스러운 일이다. 그래서 누가 나에게 주례를 부탁하면 그때마다 나는 어김없이 고맙다고 인사를 한다. 결혼 당사자가 주례를 요청하면 부모님께 감사하다는 인사를 전해 달라고 당부한다.

결혼식 주례를 수락하고 나면, 나 역시 정성을 다한다. 먼저 새로운 인생을 살아갈 신혼부부에게 당부하는 주례사를 정성껏 작성한다. 신랑과 신부는 주례사를 잘 듣지 않는 것 같지만, 내 아내 같은 신부는 똑똑히 듣고 기억하고 있다. 내 결혼식의 주례는 시인이셨던, 인품이 훌륭하여 내가 늘 존경하던 영문학자 윤삼하 교수님께서 하셨다. 아내에게 세익스피어의 작품 『베니스의 상인』에 나오는 포샤같이 지혜로운 아내가 되라고 하셨다는 것이다. 포샤가 되기 위하여 얼마나 노력했는가는 차치하고, 아내가 이 말씀을 늘 기억하고 있었던 것은 분명하다.

결혼식 날이 되면 아침에 일찍 일어나 몸을 깨끗이 씻는다. 당연히 속옷은 깨끗한 것으로 갈아입는다. 겉옷은 그 계절의 옷 가운데 새것, 보기 좋은 것으로 골라 입는다. 입을 양복이 세탁한 지 얼마 되지 않아 아직 깨끗하더라도 그냥 입지 않고 반드시 세탁하여 입는다.

그리고 마음을 가다듬고 좋은 생각만 하려고 노력한다. 축복의 말을 할 입도 깨끗한 상태를 유지하기 위해서 좋지 않은 말은 하지 않는다. 집에서 누군가 눈에 거슬리는 일을 하더라도 나무라지 않는다. 급한 일이 아니면 가급적 전화도 하지 않는다. 내가 좋은 마음으로, 깨끗한 몸으로 복을 빌어 주기 위해서이다.

이렇게 겉과 속을 바르고 깨끗한 상태로 유지하려고 내 나름 정성을 다하였다. 그런데 얼마를 지나고 나서 생각해 보니 구두는 신던 것을 그냥 신고 있었다. 그 구두를 신고 가지 않아도 좋을 곳을 가고, 심지어 가지 말아야 할 곳을 가기도 했을 것이라는 생각이 들었다. 그래서 그 지저분한 구두를 신고 깨끗하여야 할 자리에 선다는 것이 적절하지 못하다고 생각했다. 그래서 새로 구두를 사서 주례를 하러 갈 때만 신고 다녔다.

그렇게 정성을 다한다고 했으나, 뒤에 생각하니 허리띠는 평소에 쓰던 것을 그냥 매고 다녔다. 왜 그 생각을 하지 못했는가. 깊이 생각할 것도 없이 나의 정성이 부족한 때문이었다.

이렇게 하다 보니, 주례를 하는 것이 힘이 들었다. 또 결혼식에 참석하면 아는 사람을 만나 정을 나누는 기쁨도 있는데 그러지 못하는 것이 아쉬웠다.

그래서 나는 가급적 주례를 맡지 않기로 했다. 퇴직을 하면서, 그동안 내가 많은 분들의 도움을 받았으니 법에 어긋나는 일이 아니라면 누구의 어떠한 부탁도 다 들어주겠노라 말했다. 그러나 주례는 사양

하겠노라고 말했다.

그래서 그런지 요사이는 주례 요청이 뜸해졌다. 말은 그렇게 했어도 좀 서운한 생각이 들기도 한다. 한때는 결혼 성수기인 봄철이면 주일마다 주례를 하기도 했다. 또 누구를 주례하고, 뒤에 그 사촌을 주례하기도 했다. 힘이 들기는 했으나 그때가 참으로 좋은 시절이었다. 이제는 다시 돌아가고 싶어도 돌아갈 수 없는 한여름 대낮이었다.

땅에 뜬 별

어느 집 앞을 지나가다 별을 보았습니다.
작은 정원 귀퉁이에 울타리를 의지하여
덩굴을 뻗고 피어 있는 한 송이의 꽃,
그것은 지상의 꽃이 아니라 분명 하늘의 별이었습니다.
깨끗한 자리를 찾아 소박한 사람들의 가슴에 내려앉은 별.

다 그렇고 그렇다

누군가에게 서운할 때가 있다. 그 사람, 정말, 나에게 그럴 줄 몰랐다. 나 같으면 그렇게 하지 않았을 텐데. 야속한 생각이 들 때가 있다. 그럴 때마다, '사람이 다 그렇지 뭐.' 하고 나를 달랜다.

어떤 일로 속상할 때가 있다. 왜 그 일이 그렇게 되었을까. 이래야 하는데 어쩌다 저리 되었나. 사람 마음이 다 같지 않고, 세상일이 다 옳게만 되지 않는다. 참, 별의별 일이 다 있기 마련이다.
그럴 때마다, '세상이 다 그렇지 뭐.' 하고 나를 달랜다.

사람이 그럴 때가 있고, 세상일이 그렇게 되기도 한다.

사람이 다 그렇고, 세상이 다 그렇다.

오래오래 사는 법

딸애가 다니러 왔다. 출가한 지가 여러 해 되었는데도, 나이가 들어
도 친정이 그리운가 보다. 고마운 일이다. 와 봐야 잘해 주는 것도 없
는데 딸애도 외손자·손녀도 오는 것을 즐겨한다. 고마운 일이다.
무엇으로 그들을 즐겁게 해 줄까 하다가 좋은 식당에서 잘 차린 점심
을 먹기로 했다. 식당은 어김없이 여러 맛있는 음식들을 내놓았다.
모두가 이것저것 맛있게 먹었다.
식사가 거의 끝나 갈 무렵, 사십이 다 된 딸애가 말했다.
"내가 진짜 먹고 싶은 것은 먹을 수가 없네."
멀리까지 와서 비싼 음식을 대접했더니 기껏 한다는 소리가 먹을 것

을 먹지 못했다니. 우리는 모두 딸애의 얼굴에 시선을 집중했다.

"나는 할머니가 하신 청포묵이 먹고 싶어."

옆에 있던 여섯살 외손자,

"엄마네 할머니가 보고 싶어?"

"그럼."

"그러면 할머니가 하늘나라에서 살아 계신 거야. 엄마가 하늘나라 갈 때까지 살아 있을 거야."

그래, 그렇구나.

너를 예뻐하시더니

아직 네 맘속에 이렇게 살아 계시는구나.

전화위복

고등학교 2학년 때, 내 짝꿍의 이름은 경순이였다. 내 이름이나 그 친구의 이름은 여지없는 여자 이름이다.

늘 풍부한 유머로 우리를 즐겁게 했던 화학 선생님은,

"남학생 교실에 여학생이 둘이 섞여 있네."

라며 우리를 놀리시곤 했다. 그래도 전혀 고깝거나 부끄럽지 않았다.

그렇지만 내가 어렸을 적에는 '선옥'이란 내 이름 때문에 나는 자주 난감했다.

누구를 처음 만나면 어김없이 이름을 물었다. 그래서 내가 이름을 대면, 또 어김없이 "여자 이름 같구나." 하고 말했다. 나는 그 말이 싫었고, 그런 이름을 지어 주신 부모님을 원망했다. 그래서 누군가를 처음으로 만나면 긴장했다. '또 내 이름을 묻고 내가 듣기 싫은 말을 하겠지.' 하는 생각을 먼저 했다. 때로는 모르는 사람을 만나는 것이 싫기까지 했다.

그랬던 이름이 나이가 들어서는 좋아졌다. 서로 대면하지 않고 이름만 아는 사람은 내가 여성인 줄로 알고 호감을 가지고 접근했다. 막상 대면하여 남성인 것을 알고 나서도 그 호감은 대체로 지속되었다. 그리고 잘 기억해 주었다. 그래서 야속하던 내 이름은 내게 도움을 주는 것으로 탈바꿈했다. 그야말로 전화위복이 되었다.

때로는 천덕꾸러기였던 것이 귀한 것이 되기도 한다. 아무 데나 불쑥불쑥 나서 뽑아 던져도 죽지 않아 농부들을 화나게 하던 쇠비름이 뛰어난 약효가 있다 하여 귀한 대접을 받기도 했다.

세상사, 오래오래 두고 보아야 알 일이다. 무엇이고 조급하게 서둘러 판단할 것이 아니다. 화禍인 것 같지만 나중에 복이 되기도 하니 화복禍福을 구분하기는 쉽지 않은 일이다.

땅에 뜬 별

어제는 시간을 내서 강경 남교동(지금은 남교리라고 부르지만) 에 갔습니다. 내가 다닌 고등학교가 남교동에 있고, 그 동네에서 하숙을 하기도 하여 정이 든 동네입니다. 남교동에는 기차가 지나갑니다. 그곳은 철로가 지붕보다 높습니다.

언젠가 기찻길 옆 친구의 하숙집에 갔는데, 때마침 기차가 지나갔습니다. 엄청난 굉음과 진동, 놀라운 일이었습니다. '기찻길 옆 오막살이 아기아기 잘도 잔다'는 것이 도저히 이해가 되지 않았습니다. 그 충격이 선명하여 그곳에 다시 가고 싶었는지도 모릅니다. 그러나 아무런 연고가 없어, 나는 다시 그곳에 가지 못했습니다.

철도 아래 마을 골목을 돌아보았습니다. 구불구불한 골목길이 정다웠습니다. 그 골목은 용케도 자동차가 지나다닐 만큼의 넓이를 가지고 있었습니다. 그리고 대낮인데도 여러 집의 마당에 자동차들이 몸을 웅크리고 낮잠에 빠져 있었습니다.

대개의 집은 옛집이라 낡고 작았습니다. 내가 고등학교에 다니던 몇 십 년 전 그대로인 듯한 집도 있었습니다. 시간이 멈추어 선 듯한 동네 풍경, 새로 지은 양옥집들이 오히려 부자연스러웠습니다. 거의 모든 집들이 좁지만 정갈한 정원을 가지고 있었습니다. 그 집에 사는 사람들의 마음이 순하고 부드럽다는 표징이겠지요.

어느 집 앞을 지나가다 별을 보았습니다. 작은 정원 귀퉁이에 울타리를 의지하여 덩굴을 뻗고 피어 있는 한 송이의 꽃, 그것은 지상의 꽃이 아니라 분명 하늘의 별이었습니다. 깨끗한 자리를 찾아 소박한 사람들의 가슴에 내려앉은 별.

어두운 밤에 별이 뜨는 곳에는 대낮에도 별이 뜹니다. 하늘에 별이 뜨는 동네에는 땅에도 별이 뜹니다.

그래요, 이따금 땅에도 별이 뜨지요.

지금이 좋은 때

여든을 넘긴 선배께서 나를 물끄러미 바라보시더니 하시는 말씀.

"권 선생, 내가 권 선생 나이만 하면 얼마나 좋을까. 좋은 때요."

내가 대답했다.

"선배님, 지금도 좋은 때이십니다. 앞으로 구십이 되시면, '내가 팔십일 때가 좋았지. 그때만 해도 내가 기력이 좋아서 걸음도 잘 걷고 술도 한 잔씩 했는데…' 하고 지금을 그리워하실 겁니다."

육군훈련소 근방에 살고 있는 나는 아침에 출근을 할 때면, 교육장으로 가는 육군훈련소 훈련병 대열과 자주 만난다. 길이 좁아서 나는 자동차를 멈추고 대열이 다 지나갈 때까지 기다려야 한다. 그들을 바라보고 있자면 부러운 생각이 든다.

땀을 뻘뻘 흘리고 있는 그들은 시원하게 에어컨을 켠 차 속에 넥타이를 매고 앉아 있는 내가 부러울지 모르지만, 나는 그들이 부러웠다. 그들 중 어느 누군가 나랑 맞바꾸자고 한다면 나는 감지덕지할 일이다.

내가 그만한 나이였을 때는 어서 세월이 흘러 내가 어떤 사회적 지위를 가지게 되기를 바랐다. 그러나 막상 내가 그렇게 되었을 때는 부질없는 생각이었음을 깨달았다. 젊음처럼 값지고 좋은 게 어디 있을까.

관광지나 유원지에 가면 아이들을 데리고 사진을 찍는 젊은 부부를 본다. 나는 가던 걸음을 멈추고 서서 부러운 눈으로 그들을 바라본다. '나도 저런 때가 있었는데, 그때가 좋았지.' 하는 생각을 한다.

그러다가 이내 생각을 바꾼다. 지금도 좋은 때다. 그때는 젊어서 좋았고, 지금은 나이가 들어 좋은 때다.

언제나 지금이 좋은 때다.

천천히 피고 진다면

수변생태공원에 갔었습니다. 연꽃이 막 벌어지는 것이 아름다워서 사진에 담았습니다.

내게도 저런, 피어나는 연꽃의 시절이 있었지요. 그때 나는, 어서 활짝 피어나기를 바랐지요. 어서어서 활짝 피고 싶었지요. 한번 피고 나면 이내 시드는 것을 생각하지 않았습니다.

천천히 피고, 또 천천히 질 수 있다면 얼마나 좋을까요.

어제 옥녀봉에 올랐다가 내려오는데 무더위 속 감나무 그늘에 어떤 할아버지가 쓸쓸히 혼자 앉아 있었습니다. 폭염은 아니었지만 부채질도 하지 않고 망연히 앉아 있어 내 마음이 찡했습니다. 상당히 더울 것 같은데도 더위를 느끼지 못하는지도 모릅니다. 더위를 느끼는 데에도 힘이 필요한 것일까. 나이가 들면 잠을 잘 기운이 없어서 잠을 오래 자지 못한다는 말을 들은 적이 있습니다.

피어나는 꽃은 눈부시지만
지는 꽃은 쓸쓸합니다.

어제 대전에 갔었다. KBS에서 나태주 시인의 인문학 콘서트가 있었기 때문이다.

오랜만에 여러 사람을 만났다. 특별히 약속을 정하여 만나는 사이가 아니더라도 만나면 반가운 얼굴들이 있다. 가끔 생각날 때마다 잘 지내고 있나, 요사이는 무슨 일에 몰두하고 있나, 궁금한 사람.

김 시인도 그런 사람의 하나이다. 전에는 가끔, 때로는 몇 달에 한 번 전화로 안부를 묻기도 했는데 요즘은 그마저 하지 않는다.

초등학교 교장으로 퇴임한 그는 대청호반에 좋은 별장을 마련했다. 풍광이 빼어나다고 언제든지 오라는 청을 여러 번 받았으나 가지 못

했다. 나는 그냥그냥 대답하였으나 그는 진정이어서 서운했나 싶기도
하다.

우리는 20대에 만났다. 45년 전의 일이다. 우리는 젊었고, 문학에 대
한 열정이 불탔다. 동인지를 발간하려면 상당한 출판비가 들었다. 그
러나 그 돈이 아깝지 않았다. 돈보다 시를 더 아끼고 사랑했다. 어울
리는 사람도 좋았다.

그러다가 처자가 생겼고, 직장에서는 많은 노력을 요구했다. 그 바람
에 시에 대한 열정은 식어 버렸다. 대신 세상의 사소한 일들에 열중한
것 같다. 제각각 교감이 되고, 이어서 교장이 되어 좋은 날도 있었다.
그러는 사이, 나이가 들고 정년을 맞아 퇴직도 했다.

세상과 떨어져 있으니, 세상만사가 다 시들해졌다. 하지만 옛 사람
생각은 더욱 진해졌다. 그의 향기를 기억하는 사람들이다. 향기가 없
었던 사람은 다 잊어버렸다.

김 시인은 아직도 그 향기가 진하게 남아 있는 사람이다. 숨소리가 닿
을 듯한 옆자리에 앉는 것이 얼마만인가. 오랜만에 맡아도 그 향기는
변함이 없었다.

청춘은 멀리 떠나갔으나 그 시절의 향기는 아직도 진하다.

아아-, 향기로운 밤이여.

낙
인

어느 도서관에 갔더니 컴퓨터 자판이 손을 대기 싫을 정도로 더럽다.
그래서 직원에게 물휴지를 한 장 달라고 하니, 단박에 없다는 대답이
다. 그러더니 조금 후에 무슨 마음의 변화인지 크게 인심을 쓰는 듯
서랍에서 물휴지 한 장을 꺼내 준다.

그랬으면 감지덕지하고 물러갈 것이지. 물색 모르는 늙은이는 딴소리
를 했다. 컴퓨터가 많이 고장이고, 더럽다고.

직원의 반응이 가관이다.

"공짜로 하는 것, 그런 말씀하시면 안 되지요!"

공짜라니, 어째 그게 공짜란 말인가.

나는,

"공짜라니? 내 세금으로 하는 것을….."

하고 반문했다.

이럴 때 그 직원은 내게 사과를 해야 마땅하다. 그런데 그 표정, '웬 늙은이가. 아이, 재수 없다.'라는 표정이다.

그 아가씨와 입씨름을 벌여 봤자 내가 이길 자신이 없다. 그녀는 그 기세로 나를 제압할 것이기 때문이다. 그런다고 내가 힘들여 싸움을 할 마음도 들지 않았다.

나는 그 감독 기관에 쫓아가서 따지고 싶었다. 그리고 그 여직원을 대신하여 누군가에게 사과받고 싶었다. 그래서 상급 기관이 어느 부서냐고 물어보았다.

그리고 나서는 그냥 참았다. 내가 까탈을 부리는 사람으로 낙인찍히는 것이 싫어서였다.

우리 사회는 이런 노력에 경의를 표하지 않고 낙인을 찍는다. 그래서 우리는 그저 묵묵히 입 다물고, 참고 살아야 한다.

냄새의 마력

어제는 드디어 그 결과가 나오는 날이었다. 마지막 시간이 다가올수록 점차 긴장이 고조되었다. 큰일이 아닌, 사소한 일이라도 자신이 시도했던 일의 결과가 실패로 끝난다는 것은 서운하고 자존심이 상하는 일이다.

전에 청국장을 띄우려다 실패한 경험이 있어서 불안했다. 더구나 이번은 새로 산 기구를 이용하는 것이라 그 성패가 더욱 불투명했다. 약간의 조바심으로 시간이 흐르고 드디어 예정 시간 종료.

성공의 설렘과 실패의 두려움 속에서 압력추를 젖히고 천천히 뚜껑을 열어 개봉. 거실에 은근하게 풍기던 구수한 냄새를 머금은 청국장이

끈끈한 실로 서로의 몸을 묶고 있었다.

하여간 청국장은 나름대로 만들어졌고 절구질을 거쳐 밥상에 올랐다. 그런데 이 청국장은 청국장 특유의 냄새가 없었다. 나는 그 묘한 맛이 나지 않는 청국장에 실망했다. 우리가 즐겨 먹었던 청국장은 그 성분이나 영양 때문이 아니라 독특한 냄새에 끌렸기 때문이다.

어떤 사람들은 냄새 없는 청국장을 좋아한다고 하는데 나는 청국장 본래의 냄새가 없는 것은 청국장이 아니라고 생각한다. 영양을 생각해서 청국장을 먹는 사람에게는 그 냄새가 싫을지 모르나 나는 그 냄새 때문에 청국장을 좋아하기 때문이다. 짠맛이 없는 소금이 있다면 그걸 소금이라고 할 수 있겠는가.

며칠 후 다시 그 냄새의 맛을 모르는 사람들이 외면하는 그 지독한(?) 냄새가 나는 청국장을 다시 만들어 볼 작정이다.

모든 것은 그만의 향이 있다. 사람에게도 독특한 체취가 있다. 좋은 사람에게서는 좋은 향기가 난다. 아니, 그 향기가 좋아서 그 사람을 좋아하는지도 모른다.

어떤 사람을 마주하고 있으면 은은한 향기가 풍긴다. 아름다운 시선으로 세상을 바라보는 사람, 너그러운 마음으로 모든 것을 포용하는 사람, 소박한 꿈을 가지고 노력하는 사람, 옳지 않은 것을 피하며 좋은 것도 탐닉하지 않는 절제력을 가진 사람, 달리지 않으나 멈추지도

않는 열정을 가진 사람. 그들에게서는 진한 향기가 풍겨 사람을 끌어
당긴다.

사람의 향기처럼 좋은 것이 어디 있을까. 그 향기 때문에 그와 함께
있고 싶어 그 사람을 그리워한다. 날마다 그런 향기에 취해 살고 싶
다. 흠뻑 사람의 향기를 맡고 싶다. 이것은 나의 과욕일까.

솎아 낼 사람

농사를 짓는답시고 무수히 많은 생명에게 죄를 짓는다. 잡초를 뽑아
내는 것은 그 정당성을 인정한다 하더라도, 나는 곡식이나 채소를 제
대로 돌보지 않아서 고통 속에 빠트리거나 아예 죽이기도 한다. 논에
제때 물을 대지 않아 목말라 하게도 했고, 또 어떤 때는 씨앗을 너무
배게 뿌려서 뭉텅뭉텅 솎아 낸다. 안타까운 일이다.

오늘 아침에도 참깨를 솎았다. 참깨 심는 비닐의 한 구멍에 씨앗을 두
세 개만 뿌리면 되는데도 싹이 트지 않을까 봐 여러 개를 넣은 탓이
다. 그 여럿 가운데 구멍 한가운데에 자리를 잡고 튼튼하게 자라는 한
두 개를 제외하고는 다 뽑아내야 한다. 그래야 남은 것이 크게 잘 자

라서 많은 열매를 맺기 때문이다.

솎아 내는 작업을 하는 동안 내내 나의 잘못을 빌고 빌었다. 그러면서
생각했다. 나는? 하느님이 보시기에 솎아 내고 싶은 자가 아닐까.
세상을 흐리게 하고 이웃에게 짐이 되지 않았는지 나의 지난날들을
다시 촘촘히 더듬어 본다. 때때로 내가 똑바른 길을 가지 못할 때에
부모님이 속상하셨듯이 하느님도 많이 그러셨을 것이다. 하느님은 때
로는 나를 이 세상 사람들 속에서 솎아 내고 싶으셨을지 모른다.
아, 이제는 또다시 하느님이 속상하지 않게, 착하고 바르게 살아야겠
다고 다짐에 다짐을 한다.

자반이축이라는데

햇살이 눈부신 아침이다. 세상이 어두운 것 같아도 밝은 세상도 있다. 새벽에 깨어 정의롭고 고마운 분들을 생각하는 것으로 하루를 시작한다. 내가 간여하고 있는 단체에 정성을 다해 협조하는 분들과 궂은일을 마다않고 봉사하는 분들에게 드릴 감사패의 문안을 작성했다. 아침부터 기분이 상쾌하다.

그분들을 어떻게 간단한 문구로 표현할까 고심하다가 그에 합당한 글을 찾았다. 맹자의 말씀이다.

"자반이축自反而縮이면 수천만인雖千萬人이라도 오왕의吾往矣라."

'내 스스로 돌아보아 옳다면 비록 수천만 명의 사람들이라도 가서 싸

우겠다.'는 뜻이다. 그분들은 그런 마음가짐으로 세상을 사는 분들이다. 사회적 지위가 높은 분들은 아니지만, 옳은 일을 위해서는 두려움이나 망설임이 없는 분들이다. 이런 분들이 가까이에 있다는 것은 크나큰 행운이다.

이 앞에는 또 이런 말씀이 있다.

"내가 스스로를 살펴서 옳지 못하다면 아무리 비천한 사람일지라도 어찌 두려워 떨지 않겠는가."

나 자신을 돌아보게 하는 말씀이다. 나는 무엇에 담대했으며 무엇에 떨고 있는가. 값어치 없는 일에는 맹렬하고, 정작 두려워할 것은 두려워하지 않았는가.

점심 무렵, 시골 마을 행사에 참여하여 순박한 마음을 가진 분들과 인사를 나누고 함께 식사를 했다. 잘나지 못한 사람들, 그래서 누가 알아주지도 않는 시골 노인들이지만, 나도 나이 들어 저랬으면 좋겠다고 생각했다.

허황한 욕망을 벗어 버린 청정淸淨. 그 고요가 부러웠다. 내 마음은 아직도 때로 회오리바람이 일고, 그 바람에 깊은 물 밑바닥에 가라앉아 있던 온갖 지저분한 망상과 허욕이 걷잡을 수 없이 소용돌이친다. 이러다가는 끝내 온유의 청정을 누리지 못하고 생을 마감할 것인가, 안타깝다.

공자는 칠십을 종심이라 하여 마음이 이끄는 대로 행하여도 도덕적으로 아무 거리낌이 없었다는데. 내 이제 칠십이 눈앞인데, 나는 그 때 어떤 모습을 하고 있을까. 아내가 매일 성경의 잠언을 한 장씩 읽어 주겠다고 하는 것은 그 사람이 보기에 무언가 미흡한 것이 있음이리라.

어려서부터 어머니께 그토록 많은 훈육을 받았는데 나이 70을 바라보며 이 또 무슨 변괴인가. 저승에 계신 어머니께서 아내에게 잠언을 듣고 있는 내 꼴을 보시면 얼마나 안타까워하실까.

아침에는 쌀쌀했다가 한낮에는 포근하더니 또 아침같이 날이 차갑다. 어느덧 또 하루해가 기울었구나.

손오공의 금테

염치는 사람에게만 있다. 염치는 양심에서 나오는 것이다. 다른 동물에게는 염치라는 것이 없다. 동물과 사람을 구별하는 잣대 가운데 하나가 염치이다. 오직 욕망에만 사로잡혀 부끄러움을 모르고 덤비는 사람은 사람이 아니다.

사람은 자신이 한 일을 스스로 잘했는가, 잘못했는가를 생각할 수 있는 양심이 있다. 그래서 자신이 잘못했다는 생각이 들면 자신도 모르는 사이에 얼굴이 붉어진다.

수치심은 사람만이 가진 것이다. 사람에게는 잘못을 저지르고는 마음을 편하지 못하게 하는 양심이 있어서 그릇된 욕심을 억제하게 한다.

사람에게 이 양심이 없다면 다른 동물처럼 자신의 욕망을 충족시키기 위하여 행동에 분별이 없을 것이다. 그 명석한 두뇌로 갖은 짓을 다 할 테니 상상만 해도 끔찍한 일이다.

인간 세상을 보다 건강하게 하는 것이 양심이다. 부끄러운 짓을 하고 나면 누가 뭐라지 않아도 후회하게 된다. 때로는 그야말로, 뼈를 깎는 고통을 겪기도 한다. 어찌 보면 양심은 신이 인간에게 내린 축복이 아니라 가혹한 형벌일지도 모른다.

인간이라는 존재는 욕망의 끝이 없다. 채워도 채워도, 아무리 채워도 멈출 줄 모른다. 그런데 다행히 양심이라는, 삼장법사가 손오공에게 씌워 놓은 금테가 있다. 만일 신이 양심이라는 제동 장치를 해 놓지 않았더라면 신은 얼마나 괴로워할까. 갖가지 욕망에 몹쓸 짓을 하는 인간을 보면서 인간이라는 졸작을 창조한 것이 후회막급일 것이다.

신이 인간을 창조한 것은 크나큰 실수이지만, 사람에게 양심이라는 장치를 한 것은 탁월한 선택이었다.

시
래
기
를
삶
으
며

봄볕이 푸근한 날, 마당에 걸어 놓은 솥에 시래기를 삶습니다.

바짝 말라 있는 시래기는 오래 삶아도 잘 무르지 않습니다. 그래서 사람들은 시래기를 삶을 때에 무슨 첨가제를 넣기도 합니다. 시래기는 그렇게 하지 않으면 물렁하게 삶아지지 않는 것으로 생각했었지요. 그런데 그게 아니었습니다. 뜨거운 불로 삶으면 딱딱하게 굳었던 시래기가 부들부들하게 익습니다. 그렇게 삶아지지 않았던 것은 불이 약했기 때문이었습니다.

우리는 어떤 일을 하면서 여러 가지 어려움을 만나게 됩니다. 그것들을 잘 해결하여 성공하기도 하지만, 더러는 그것들에게 무릎을 꿇기도 합니다. 내가 이겨 내겠다는 의욕이 부족했기 때문이고, 더 많은 노력과 정성을 쏟지 않기 때문입니다. 아무리 단단한 것일지라도 나의 칼날을 뾰족하게 갈고 날을 세운다면 구멍을 내고 조각을 낼 수 있습니다.

아무리 잘 마른 장작이라도 한 개비만 넣어서는 불을 붙이기가 어렵습니다. 한꺼번에 여러 개비를 넣어야 불이 활활 타오릅니다. 하나가 타는 열기는 다른 장작을 타게 합니다. 서로가 의지하여 서로를 태웁니다. 사람도 마찬가지입니다. 아무리 재주가 좋은 사람이라도 혼자서는 살 수 없습니다. 혼자 호미를 만들고 빵을 구울 수는 없는 것이지요. 호미를 만드는 사람은 호미를 만들고, 빵을 굽는 사람은 빵을 구워야 합니다.

솟구치는 불꽃을 바라보면서 사람도 저렇게 살아야 한다고 생각합니다. 그러면서 나는 어떻게 살았는가를 돌아봅니다. 그동안 마디마디마다 그리 무기력하게 살지는 않았던 것 같습니다. 무언가 하려고 노력했지요. 그러나 안간힘을 쓰지는 않았습니다. 좀 더 힘을 집중할걸 그랬나 봅니다.

잘 마른 장작은 몸을 태워 높은 열기를 내뿜습니다. 불꽃이 활활 타오르며 솥에서는 김이 힘차게 뿜어 나옵니다. 연기는 나지 않습니다. 반대로 잘 마르지 않은 장작은 많은 연기를 내면서도 열기가 없습니다.

사람도 마찬가지입니다. 영혼이 맑은 사람은 하는 일마다 바르고 아름답습니다. 그러나 영혼이 맑지 못한 사람은 소리만 요란할 뿐 실속이 없습니다. 누구에게도 도움이 되지 못합니다. 젖은 장작처럼 자신을 태우기에도 힘이 벅차기 때문입니다. 그래서 사람도 잘 드는 칼처럼 날이 설 때를 기다려야 합니다. 날이 서지 않은 칼을 쓰려면 무리하게 힘을 주어야 해서 손을 베기가 십상입니다. 날카롭게 날이 설 때까지 꾹 참고 숫돌에 칼을 갈아야 합니다.

이제 내 나이 칠십을 몇 해 앞에 두고 있지만 아직도 나는, 무엇이든 닿기만 하면 쓱쓱 자르는 날이 선 칼처럼 살고 싶습니다. 단단하게 굳은 시래기를 흐물흐물 무르게 하는 뜨거운 불꽃으로 살고 싶습니다.

열정과 감동

나는 평소 열정의 중요성에 대해서 자주 말해 왔다. 학교에서 아이들을 가르칠 때에는 열정이 없는 사람은 진정으로 살아 있다고 말할 수 없다고 말했다. 열정은 사람이 무언가를 성취하기 위해서 반드시 필요하다. 열정이 없이는 어느 것도 성취할 수 없다는 생각에서였다.

나는 강경역사문화연구원을 통해서 그런 열정적인 삶을 살고 있는 분들을 여러 분 만날 수 있었다. 따라서 나는 강경역사문화연구원과 관련한 일들에 참여하기를 즐거워하였다. 만일, 그런 열정을 느끼지 않았다면 지금과 같이 그렇게 자주 강경에 가는 일도 없었을 것이다.

먼저 정현수 원장님과 윤석일 기획실장님의 열정에 반했다. 이미 많은 것을 성취하고 계신 분들이기에 강경역사문화연구원의 일을 통하여 새로운 무엇을 얻으려 할 분들이 아니다. 그럼에도 불구하고 그분들은 강경역사문화연구원의 운영에 정성을 기울이셨다. 또 강경의 역사문화에 대한 김무길 연구부장님의 애정과 진지한 연구도 예삿일은 아니었다.

그리고 최병길 번영회장님, 황호준 회장님, 한병수 전 번영회장님, 허이영 사무국장, 한은전 회장, 나병국 위원을 비롯한 연구위원과 또 강경의 유지, 읍민 여러분의 협조도 매우 값지고 중요한 일이었다.

이런 열정과 협조가 한데 어우러져 오늘의 강경역사문화연구원이 있게 되었다고 생각한다. 그 어느 하나 중요하지 않은 것이 없고, 그 하나가 빠졌다면 오늘의 강경역사문화연구원은 존재하지 않았을지도 모르고, 존재하더라도 지금처럼 활기차고 풍성하지 못하였을 것이다.

영광스럽게도 강경역사문화학교의 1기에 이어 2기에도 강의할 기회가 나에게 주어졌다. 나는 평소 강경이 고향 같다는 말을 할 정도로 강경은 내 삶에서 중요한 공간이고, 내가 좋아하는 곳이다. 내가 강경중학교와 강경상고를 다니지 않았더라면 이런 좋은 인연이 없었을 것이다. 그래서 역사문화학교 강의는 어떤 강의보다도 의미 있고 즐거운 일이었다.

2기 수강생들도 1기 때와 마찬가지로 열기가 대단했다. 나는 어떤 강의가 예정되어 있으면 소풍 가는 아이처럼 가슴이 설렌다. 그날도 그런 마음으로 강의를 하고 있었다. 일곱 시 반에 시작한 강의는 아홉 시가 다 되도록 계속되었지만, 수강생들 모두가 내 말에 귀 기울이고 있었다.

나는 그분들의 얼굴을 하나하나 보다가 갑자기 가슴이 찡했다. 하루 일과를 마치고 피곤하기도 하려니와 각자가 할 일도 많을 텐데, 왜 이분들은 이 강의에 참여하고 있는 것일까. 그리고 시험 보는 것도 아닌데 왜 이렇게 강의에 열중하고 있을까. 다만 지역의 역사와 문화를 더욱 깊이 공부하자는 것인데 이렇게 열정적으로 참여하다니.

생각을 하니 눈물이 핑 돌았다. 나는 강의를 하다 말고 손수건을 꺼내 눈물을 훔쳤다. 그동안 나는 이런저런 기회에 다양한 사람들을 상대로 강의하였지만, 이렇게 진지한 분위기에서 강의하기는 흔치 않은 일이다.

나는 본래 감동을 잘하는 사람이다. 좋은 문학 작품을 읽다가도, 영화를 보다가도 눈물을 흘린다. 그렇지만 강의를 하다가 눈물이 나기는 처음이었다. 나이 육십이 넘어 머리가 허옇게 된 사람이 감정을 절제하지 못하고 여러 사람 앞에서 눈물을 보이는 것은 부끄러운 일이다. 그러나 나는 부끄럽게 생각하지 않는다.

이날 내가 보인 눈물은 순전히 그분들의 책임이다. 명강사는 청중을 마음대로 울리고 웃긴다고 하는데, 훌륭한 청중은 강사를 울린다. 내가 명강사가 되는 것보다 이렇게 훌륭한 청중을 다시 만나기가 더 쉽지 않은 일일 것이다.

그
때
그
사
람

———

지금 내가 그를 생각하듯 그도 나를 생각하기는 할까.
내가 그를 좋은 사람이라고 생각하듯
그도 나를 좋은 사람으로 기쁘게 생각해 줄까.
지금은 멀리 헤어져 있는 사람들은 나를 어떤 사람으로 기억할까.
어쩌다, 부질없이, 지난 사람 생각을 하며 흠칫 놀란다.

좋은
사람
싫은
사람

하찮은 물건도 좋은 것이 있고 싫은 것이 있다. 성정性情이 없는 물건
도 그럴진대 특유의 성정을 가진 사람은 더구나 그렇다.

처음 만나서 좋은 사람이 있다. 그런데 여러 번 만나 보면 싫어지는
사람이 있고, 겪을수록 더욱 좋아지는 사람이 있다. 또 처음으로 만
났는데도 싫은 사람이 있다. 그런데 날이 갈수록 좋아지는 사람이 있
는가 하면, 끝끝내 싫은 사람도 있다.

사람이 살면서 가장 견디기 어려운 일이 싫은 사람과 함께 지내는 일
이다. 우리가 열심히 노력하여 좋은 학력을 갖추고, 원하는 직장에
취직을 하려는 궁극적인 목적은 좋은 사람을 만나기 위한 것이다. 우

선 좋은 배우자를 만나고, 좋은 직장 동료를 만나고, 좋은 사람들과 교제하면서 살기 위해서이다.

내가 능력과 매력을 갖추면 내가 좋아하는 사람을 골라 만날 수 있다. 또 싫은 사람을 멀리할 수도 있다. 그러나 내가 능력이 없으면 싫은 사람을 견디며 살아야 한다. 좋은 사람이 내 가까이 올 리도 없다.

나는 사람에 대한 호好·불호不好가 너무 분명하게 살았다. 좋은 사람을 만나면 좋은 기색을 그대로 드러낸다. 싫은 사람 역시, 나는 억제한다고 했지만, 내 속내를 감추지 못하고 싫은 기색을 그대로 드러냈을 것이다.

이러한 나의 태도가 나의 단점이라는 걸 잘 안다. 그러나 이것이 또한 장점이라고 생각한다. 나이가 들면서 이렇게 해서는 안 되겠다 싶어서 겉으로 드러내지 않으려 하지만 쉽지 않은 일이다.

여러 가지가 내 뜻대로 되지 않는다. 그러나 무엇보다 바라는 것은, 내가 사람을 싫어하지 않는 것이다. 싫어하는 사람이 없었으면 좋겠다. 좀 흠이 있는 사람이라도 마음에서 받아들여 좋아할 수 있었으면 좋겠다.

그래서 사람을 좋아하고 싫어하는 것이 분명한 것이 나의 장점이 아니라 모든 사람을 좋아하는 것이 나의 장점이 되었으면 좋겠다.

한 번의 면회

어느 날, 아내와 마주 앉았다가 나는 뜬금없는 질문을 했다.

"당신 말이야, 친정어머니와 시어머니 중 어느 한 분을 만날 수 있는 면회의 기회가 있다면 누구를 만나겠어?"

엄마 아빠가 있는 자리에서 어린아이에게 누가 더 좋으냐고 묻는 일이나 다를 바 없는, 실로 옹색하고 난감한 질문이었다. 물으면서도 이런 걸 질문이라고 하느냐는 아내의 핀잔을 각오했다.

그런데 아내는, 이미 돌아가신 지 여러 해가 되는 두 분 중 어느 한 분을 만날 수 있는 기회를 잃지 않으려는 듯이 진지하게 생각에 잠겼다. 한참을 생각한 끝에 아내가 말했다.

"어머님을 뵙고 싶어요."

의외의 대답이었다. 아내의 대답은 그야말로 불문가지不問可知라고 생각하고 있던 터였다. 친정어머니가 입으시던 스웨터를 장롱 깊숙이 보관하고 있으면서 때때로 그 시절을 그리워하고 있었다. 또 반짇고리에 친정어머니가 쓰시던 실패를 아직도 모셔 두고 있기도 하다. 하기는 시어머니가 쓰시던 실패도 함께 있기는 하다.

나는 무슨 소리냐는 듯이 아내의 얼굴을 빤히 쳐다보았다. 물론 아내는 이런 데서 거짓을 말할 사람이 아니다.

아내는 말을 이었다.

"글쎄, 내가 생각해도 이상해요. 왜 어머님이 뵙고 싶지. 우리 엄마가 돌아가신 지가 더 오래돼서 그러나."

아내는 자신이 한 말이 믿기지 않는 듯, 나에게 되묻고 있었다. 그러고 나서 다시 말을 이었다.

"아마도 어머님이 나한테 잘하셔서 그런가 봐요. 지금 생각하면, 내가 어머님 마음에 들지 않는 것이 많았을 텐데도 하나도 티를 내지 않으셨잖아요."

나는 아무 말도 하지 못하고 아내의 손을 꼭 잡았다.

아버님 좀 닮아 봐요

아버지께서 돌아가신 지 어느덧 십 년이 가까워진다.

언제나 말이 없으시고 행동으로만 실천하시던 분이었다. 늘 열심히 노력하시던 분, 그야말로 피땀 흘려 우리를 먹이고 가르치신 분. 새벽부터 일을 하시고 나서 점심 후에 마루에서 곤하게 주무시던 아버지의 모습을 잊을 수 없다. 어찌나 곤하게 주무시는지, '저렇게 힘써 일을 하셔서 우리 뒷바라지를 하시는구나.' 하는 생각에 마음이 찡했다.

아버지는 일등 농부셨다. 그 첫째는 소를 살지게 먹이셨다. 대개의 소는 궁둥이뼈가 툭 나와 있는데 우리 소는 살로 가득 차 있었다. 그런 은공을 아는지 소는 일 년마다 송아지를 낳아 보답했다. 어느 핸가는 쌍둥이를 낳기도 했다. 이는 썩 보기 드문 일로 이웃들이 부러워하였다. 그 소로 아버지는 이웃의 논밭 쟁기질을 도맡아 하셨다. 또 감나무 접을 잘 붙이셨고, 멍석을 만들 줄 아셔서 헛간에는 여러 장의 멍석이 높다랗게 쌓여 있었다.

아버지 장점은 무엇보다도 참을성이 대단하다는 점이다. 우리 앞에서 한 번도 얼굴을 붉히거나 큰소리를 내지 않으셨다. 또 남에게 듣기 싫은 말씀을 하지 않으셨다. 우리가 아주 큰 잘못을 하여 속이 상하시면 똑바로 얼굴을 쳐다보시며 한마디 "왜 그렇게 했어?"라고 말씀하실 뿐이었다.

아버지는 매우 정직한 분이셨다. 콩 심은 데 콩 나고 팥 심은 데 팥이 나는 분, 그것도 심은 숫자대로 정확하게 나는 분. 나는 우리 아버지는 죄를 하나도 짓지 않고 사셨다고 믿어서 아버지께 여쭤본 일이 있었는데 정말 그랬다.

아버지는 놀라운 절제력을 가지신 분이었다. 일정한 시간에 일어나서 낮 동안 힘껏 일하시고 밤 아홉 시 뉴스를 시청하신 뒤에는 잠자리에 드셨다. 음식에 대한 절제도 대단했다. 한번 수저를 놓으시면 그 뒤에 좋은 음식을 내와도 다시 젓가락을 들지 않으셨다. 아흔다섯까지 건강하게 장수하셨던 비결이 이런 절제의 소산이라고 믿는다.

아버지와 아내는 사이가 참 좋았다. 아내의 심성도 착하다고 생각하지만, 그보다 더 많이 아버지께서 마음이 너그러우셨기 때문일 것이다.

아버지께서는 이른 아침에 텃밭을 둘러보시다가 먹을 만큼 자란 오이나 호박이 있으면 그것을 따서 우리 집으로 가져오셨다. 결코 늦잠을 자는 아내를 깨우는 적이 없었다. 그저 현관 앞에 조용히 놓고 인기척도 없이 발길을 돌리셨다.

밭일에 서툰 아내가 어쩌다 밭에 나가 일을 하고 있으면 아내를 도와주시기도 했다. 아내가 일을 해 보지 않아서 일머리를 모르는 게 당연하다고 생각하셨고, 힘이 없어 일의 능률이 오르지 않는 것을 당연하다고 인정하셨다. 나와 아내 사이에 의견 충돌이 있으면 언제나, 전후사정을 들어 볼 것도 없이 아내를 두둔하셨다. 이 점은 어머니 역시 그랬다.

아내는 아버지를 참 좋아하였다. 밖으로 나돌기만 하는 남편보다 늘 자신을 이해해 주시고 역성들어 주시는 시아버지가 더 믿음직한 기둥이었을 것이다.

아내는 내가 마음에 들지 않는 짓을 하면, 몇 번이나 같은 소리를 했다.

"제발 아버님 좀 닮아 봐요."

이 말은 나의 잘못을 탓하는 말이라 내가 듣기 싫어하는 말이기도 했고, 아내가 아버지의 많은 장점을 인정하는 말이어서 듣기 좋은 말이기도 했다.

그 말을 들을 때마다 나는 아버지께 깊이 감사했다. 만일 아버지에게 아내의 눈에 거슬리는 점이 많아 수시로 아내가 아버지의 단점을 지적한다면 이 얼마나 곤혹스러운 일인가. 그런데 아내에게 늘 좋은 면을 많이 보여 주시니 더할 나위 없이 다행스런 일이었다. 또 한편 시아버지의 장점을 인정하는 아내에게도 고마워하였다.

아내의 타박을 들을 때마다 나는 스스로를 탓하였음은 물론이다. 나는 늘 부모는 아이의 교과서이고, 선생님은 아이의 참고서여서 아이는 부모와 선생님을 닮아 간다고 말해 왔다. 나는 그렇게 좋은 교과서로 공부했음에도 왜 성적이 부진하여 아내에게 기가 죽어야 하는지, 나 자신이 원망스럽다.

하나님의 선물

오늘도 천사가 내게로 와서 기도하고 있는 나의 어깨를 살며시 친다. 그 천사다. 어떤 때는, 천사는 고개를 갸웃하고 나를 바라보기도 한다.

아내는 결혼을 하면서 내가 교회에 나가기를 소망하였다. 그러나 나는 아내의 요구에 따르지 않았다. 또 가까이 지내는 분들의 애정 어린 권유에도 불구하고 나는 꿋꿋이 사십 년 가까이 버텨 왔다.

그런데 내가 존경하는 최 목사님의 퇴임이 임박해지면서, 그 전에 교회에 나가야겠다는 생각이 들었다. 오랫동안 최 목사님은 내가 교회에 나올 때를 묵묵히 기다리셨다. 그리고 나이가 들면서 아내의 요구를 묵살하는 것에 대해 미안함을 느끼기도 하였다. 그래서 나는 어느 날부터인가 교회에 나가기 시작했다.

그런데 그것은 참으로 멋쩍은 일이었다. 사람들의 눈에 띄지 않게 구석에 앉았다가 예배가 끝나면 고개를 숙이고 잰걸음으로 빠져나왔다. 한 번, 두 번 거듭될수록 조금씩 느긋해지기 시작했다.

내가 늘 앉는 자리 바로 앞에서 앉아 예배를 보는 여인 하나가 눈에 들어왔다. 그녀 역시 그 자리가 자기 자리인 양 늘 그 자리에 앉았다. 그 옆에는 조그마한 여자아이가 엄마를 따라와 앉아 있었다. 조신해 뵈는 엄마를 닮아서 그런지 아이에게는 긴 예배 시간인데도 자세가 흐트러지지 않았다. 가끔씩 색연필로 그림을 그리고 무언가 열심히 쓰기도 했다.

지금 우리 딸도 아이를 데리고 앉아 저렇게 예배를 보고 있겠거니 하는 생각으로 그 모녀를 유심히 보곤 했다. 볼수록 예쁜 모습이었다. 엄마도 아이도 나무랄 데 없어 보였다. 나와 아내는 그들을 칭찬하다 가 어느 날 말을 걸었다. 아이는 일곱 살, 이름은 연주였다.

그렇게 만난 연주는 내가 교회에 갈 때마다 기쁨을 주었다. 저만치 떨어져 있어도 그 모녀가 정성스레 예배를 드리는 것을 보거나 아이 가 엄마 품에 안겨 잠들어 있는 것을 보아도 나에게는 커다란 기쁨이 었다.

연주가 나를 만나면 고개를 까딱하고 인사를 한다. 어떤 때는 내가 기도하고 있으면 어깨를 툭툭 치고 인사를 한다. 또 어떤 때는 멀리에 있다가 예배가 끝난 뒤에 우리한테로 다가와 손을 잡으면 팔짝팔짝 뛰면서 좋아한다.

저희 할머니와 할아버지가 계시다는데도 우리를 이렇게 반기니 더욱 귀엽다. 마치 우리 외손녀를 보는 것 같아서 연주를 볼 때마다 외손녀를 보고 싶은 마음을 달랠 수 있다. 한번은 그들과 같이 식사를 하였는데, 보고 싶지만 드물게 만나는 딸과 손녀를 만나는 것 같아 흐뭇했다. 옆에서 보는 사람들도 여지없는 딸과 외손녀로 보았을 것이다.

예배가 끝나고 주차장으로 오는 동안 연주는 내 손을 잡아 주기도 한다. 그 고사리 같은 손을 잡고 있으면 가슴 깊은 곳에서 기쁨이 솟아난다. 내가 오래 건강하여서 이 영리한 아이가 아주 멋진 아가씨로 성장한 모습을 보아야겠다는 생각을 하기도 한다.

연주는 교회에서 얻은 나의 새로운 손녀이다. 연주를 만난 것은 축복이다. 하나님이 이렇게 귀한 선물을 주시다니 그저 감사할 뿐이다.

아내가 말하기를 교회에 다니면 좋은 일이 많다고 하더니 정말 그렇다.

남종이

남종이는 우리 동네에 살던 형이다. 나의 어린 시절을 회고하려면 남종이를 빼놓고서는 불가능하다. 남종이는 사람이 좋아서 우리들의 요구를 늘 잘 들어주었다. 산에 가자면 산에를 갔고, 냇물을 막아 수영장을 만들자면 또 그리했다. 수영도 잘했고, 나무에도 잘 올라갔다. 그런 남종이는 우리들의 리더로서 손색이 없었다.

지금은 어디에 살고 있는지, 생사조차 알 수 없이 소식이 끊긴 사람이다. 그런데도 나는 가끔 남종이 생각을 한다. 그가 살던 집도 오래전에 헐리고 새집이 들어섰으나, 그 자리를 지나다가 한참씩 남종이 생각을 한다.

남종이네는 솜리(현 익산시)에서 이사를 왔다. 그 어머니는 생활력이 강한 분이라서 늘 억척스레 일을 했다. 산에서 나무를 해 오는 것도 그 아주머니 몫이었다. 어디선가 돈벌이를 하여 어려운 살림을 꾸려 나가는 것 또한 그 아주머니 몫일 것이었다. 남종이 아버지는 늘 흰 와이셔츠를 입은 단정한 차림새였다. 남종이 어머니와는 도통 어울리지 않는 신사였다. 그런데도 부부 사이에 금실은 좋았는지 아이들이 여럿이었다.

어른들이 자주 집을 비우는 남종이네 집은 동네 아이들의 사랑방이었다. 아이가 여럿이다 보니 누구나 그 집 아이와 친구여서 스스럼없이 드나들었다. 삿자리를 깐 방이라서 가끔씩 가시가 솟아 우리의 연한 살을 찌르곤 했다. 남종이 어머니가 해 오신 청솔가지를 땐 날은 방 안에 매캐한 냄새가 가득했지만 아랑곳하지 않았다. 어른들의 눈치를 보지 않고 이리저리 뛸 수 있는 남종이네 집이야말로 아이들에게 천국이었다.

남종이가 초등학교를 졸업하고 난 뒤이기는 한데, 언제인지 기억나지 않는 때에 서울로 이사를 했다. 비록 가진 것은 적었지만, 남종이는 서울에 가서도 환영받는 인물이 되었을 것이다. 곳간에서 인심난다고 하는 말이 있으나, 곳간보다 더 사람을 모아 따르게 하는 것은 사람의 됨됨이다. 그런 남종이가 어디에 간들 싫어하는 사람이 있을 리 없다.

그 몇 년 뒤에 내가 고등학교를 다닐 때에 남종이가 우리 동네에 다시 나타났다. 옷차림도 제법 말쑥했고, 예전의 그 말투에 변함없이 힘도 있었다. 그렇지만 서울말로 우리를 주눅 들게 하지도 않았고, 되잖은 행동으로 눈꼴사납지도 않았다. 예전의 사람 좋은 남종이 모습 그대로였다.

이제 그의 머리에도 하얗게 세월이 앉았을 것이다. 지금은 어떤 모습으로 어떻게 살아가고 있는지 남종이를 만나 보고 싶다. 돈은 많이 벌었는지 모르지만, 늘 좋은 사람들의 좋은 이웃으로 행복하게 살고 있을 것이다. 아직도 이름과 얼굴을 선명하게 기억하는 그 동생들도 보고 싶다. 착하고 마음이 너끈한 사람들이니 복을 받아, 이제는 부자도 되었을 것이다.

남종이가 언제 불쑥 나타났으면 좋겠다. 돈을 많이 벌어서 거드름을 피우고 입에 침이 마르게 자식들 자랑을 했으면 좋겠다. 그런 남종이네 식구들을 다시 만났으면 좋겠다.

만나서 좋았던 사람

이제 나이도 꽤 들었지만 그동안 많은 사람들을 만났다. 이 사람, 저 사람 가리지 않고 두루 만나지 못하는 것이 나의 타고난 천성이나, 사람을 만나야 하는 것이 삶인지라 참 많은 사람을 만났다.

만났다가 곧 헤어진 사람도 있고, 오랫동안 인연이 이어진 사람도 있다. 처음엔 싫었다가도 사귈수록 좋아진 사람, 처음부터 끝까지 싫은 사람. 처음에는 좋았지만 만날수록 멀어지는 사람, 처음도 좋고 시간이 흐르고 사귐이 깊어질수록 더욱 좋고 향기 나는 사람도 있다.

몇 년 전 캐나다 여행길에서 만난 가이드 청년. 캐나다에 공부하러 왔다가 그 나라가 좋아서 그냥 눌러앉았다고 했다. 이제 그 이름도 잊고 희고 길쭉한 얼굴의 윤곽조차 희미하다. 그런데 그가 했던 말들은 아직도 또렷하다.

먼 거리를 이동해야 하는 캐나다 여행의 특성상 화장실을 그냥 지나치고 나면 다음 화장실을 만나기까지 오래 참아야 한다. 그는 꼭, 꼭 화장실을 강조하여 우리들을 변기 앞에 서게 했다.

'화장실'이라는 소리가 민망하여 학교에 다녀오라고 하던 재치는 세련된 그의 매너를 더욱 돋보이게 했다. 안내하는 곳마다 정확한 지식으로 자신감이 넘치던 모습. 우리 일행은 날마다 깜짝깜짝 놀라고 찬탄했다.

그에게 물었다. 어떻게 그리 가이드를 잘할 수 있냐고. 그가 대답했다. 처음 몇 년은 아무것도 모르고 건성건성 일했는데, 어느 때부턴가 두려움을 느끼기 시작했단다. 지금 자신이 여행자들을 속이고 있다고 생각하니 두려워졌다는 것이다. 속는 줄 모르고 속는 사람도 더러 있지만, 속는 줄 알면서도 나이 어린 자기와 다투기 싫어 그냥 속아 준다고. 세상에 속일 수 있는 사람은 없다, 사람을 속이지 않겠다, 결심했다고 한다. 그래서 열심히 공부해서 실력을 갖췄다고 겸연쩍어하며 말했다.

내가 속일 사람, 그렇게 만만한 사람이 어디 있는가. 그가 가르쳐 준 교훈이다.

또 한 사람도 생각난다. 내가 젊어 만났던 그 사람. 그는 자주 말했었다. 언젠가 우리는 헤어질 것이라고. 먼 훗날 자신을 다시 생각할 때, 참 좋은 사람이었다고 추억하게 하고 싶다고.

그때는 그 말이 우습기도 했다. 지금 걱정이나 하시지 쓸데없이 먼 훗날 걱정까지 하느냐고. 그런데 그 생각이 옳았다. 그는 좋은 사람으로 기억되려고 그랬는지 언제나 모든 일에 착하고 발랐다. 여유 있는 집안에 태어나 바르고 열린 사고를 가진 부모에게 교육받아 좋은 품성을 지닌 사람이었다. 가끔 그를 떠올릴 때마다 참 착하고 좋은 사람이었다는 생각이다.

지금 내가 그를 생각하듯 그도 나를 생각하기는 할까. 내가 그를 좋은 사람이라고 생각하듯 그도 나를 좋은 사람으로 기쁘게 생각해 줄까.

나와 함께했다가 지금은 멀리, 나와 헤어져 있는 사람들은 나를 어떤 사람으로 기억할까. 어쩌다, 부질없이, 지난 사람 생각을 하며 흠칫 놀란다.

본전

장사

아침에는 마당에 건 솥에 장작불로 족발을 삶았다.

장작불을 땔 때마다 나는 상당한 쾌감을 느낀다. 활활 타오르는 불꽃을 보면 나도 저렇게 타오르던 시절이 있었거니 생각하기도 하고 다시 또 그렇게 타올랐으면, 생각하고 그렇게 다시 타올라야겠다고 속으로 다짐도 한다.

그때 내가 저 불꽃같이 시를 쓸 때, 나는 참 행복했다. 직장은 그런대로 편안했고, 아이들은 어렸으며 말을 잘 들었고, 아내는 착해서 순종적이었다. 그래서 나는 신나게 시를 썼고, 열심히 발표했고, 많은 사람들이 나의 이름과 시를 기억해 주었다.

분에 넘치게 나의 출신 잡지인『현대시학』에 3년 동안 시를 연재하는 기회도 있었다. 그것은 시를 발표하기 위해 여러 잡지사 문전을 찾아 구걸하지 않는 나를 좋이 보아주신 전봉건 선생님의 배려 덕분이었다. 전 선생님의 보살핌이 없었더라면 나는 전쟁고아처럼 되었을지도 모른다.

전 선생님께서 입원해 계시다는 소식을 듣고 문병차 병원에 들렀다. 병상에 누워 계시는 선생님과 얼마 동안 이야기를 나누고 돌아왔다. 뒤에 나태주 선생이 문병을 갔으면 선생님 손이라도 잡아 드리지 그랬느냐고 했다. 그러나 나는 그때, 감히 선생님의 손을 잡을 수가 없어서 그냥 돌아온 것이다. 지금 생각하면, 선생님께서 병중이시니 그랬으면 좋았을 걸 하고 후회가 된다.

언젠가 저승에 가서 꼭 선생님을 다시 뵙고 싶다. 그때인들 내 주변에 무어 그리 은혜에 보답할 수 있을까마는 그 다정하신 미소를 다시 보고 싶다. 그때에는 내 반드시 용기를 내어 선생님을 포옹하리라.

점심은 전주에서 비빔밥에 파전을 먹는다. 좋은 음식을 먹을 때마다 생각나는 사람들이 있다. 오랫동안 어머니와 아버지 생각을 했었는데 지금은 아니다. 내가 효심이 이리도 부족한가, 때로 깊이 반성한다. 두 분 돌아가신 지 이제 십 년이 돼 가지만, 이렇게 쉽게 잊어버린 나의 패륜에 나 자신이 놀라 반성한다. 이어서, 부모님 살아 계셔 이 자리에 모시고 왔더라면 얼마나 좋을까, 생각하니 갑자기 눈물이 핑 돈다. 나는 이제 그런 자리에 앉을 수가 없다.

설을 앞둔 섣달 그믐날이 되면 어머니는 늘 말씀하셨다. 오래전에 돌아가신 할머니를 생각하시며 아버지를 원망하셨다.

어느 해 섣달 그믐날, 아버지는 강경장에 가셨단다. 어머니는 다음 날이 설이라 대목장(명절 직전에 서는 장)에서 맛있는 반찬거리를 사 가지고 귀가하실 아버지를 기다렸다. 날이 어두워서야 귀가하신 아버지는 웬일인지 빈손이었다. 할머니가 좋아하시는 찬거리를 사 가지고 오실 것을 기대했던 어머니는 몹시 실망하셨다. 아버지가 그렇게 미울 수가 없었다고 한다.

어머니는 두고두고 말씀하셨다. 노인들은 다음 해에 또 설을 쇠실지, 이번 설이 마지막일지 모르는데, 좋아하시는 반찬거리 좀 풍족하게 사 오시지 그러셨다고. 그 말씀은 어머니 생전, 설과 추석 명절 때마다 계속되었다.

그렇게 효성스런 어머니의 철저한 훈육을 받으며 자랐다. 그래서 예전에는 좋은 음식을 먹거나 좋은 자리에 가면 어김없이 부모님 생각이 간절했다. 그런데 이제는 파락호가 되어 버렸다.

여러 해 전에, 내가 중국에 연수를 갔는데 갑자기 일정이 항저우로 바뀐 적이 있었다. 그래서 주최 측에서 급히 호텔을 구하다 보니 아주 비싼 곳에 들게 되었다. 북경 올림픽에 대비해 새로 지은 호텔이라 시설이 좋고 깨끗하며 서비스도 좋았다. 내 돈을 내고서는 가기 어려운 호화 호텔이었다.

그 호텔에 머무는 내내 부모님께 감사했다. 아버지는 열심히 일하시고, 어머니는 알뜰히 살림을 하신 덕택으로 내가 공부를 하여 이런 호사를 누릴 수 있다고. 귀국하여 처음 아버지를 뵈었을 때에

"아버지, 감사해요. 저를 힘써 길러 주셔서 제가 그렇게 좋은 호텔에 갔었네요."

하고 인사했었다.

그런데 이제 모든 것이 다 끝났다. 어머니 돌아가시고, 아버지도 뒤를 이어 떠나가셨다. 생전에 마음에만 두었을 뿐, 제대로 효도하지 못하였다. 늦게 후회한들 무슨 소용이 있는가. 헛된 후회로 마음만 아프다.

많은 일을 생각하는 데에 서툴렀고, 또 그 실천에 아쉬움도 크다. 다시, 지키기 어려운 다짐을, 또 한 번 한다.

멀리로 밥을 먹으러 가자는 아내의 청이 달갑지 않았는데 내게 이런 반성을 가져다주었다. 그럭저럭 본전은 건진 셈이다.

아름다운 식탁

낮 12시 반, 누구와 점심을 먹기에는 너무 늦은 시간이다. 일찍 점심을 먹는 사람은 이미 먹었을 것이고, 서두르지 않는 사람이라도 밥상머리에 앉았을 시간이다. 나와 점심을 먹어 주기 위하여 이 시간까지 기다려 줄 만한 사람은 없을 것 같다. 이럴 때는 혼자서 밥을 먹는 수밖에 없다.

오랜만에 하는 대처 나들이라 점심을 함께하고 싶은 사람들이 여럿 떠올랐었다. 누구와 점심을 먹을까 생각하다가 아무래도 시간에 대기가 어려울 것 같아 포기하였다. 예약을 하고 병원에 가더라도 제시간에 진료를 받기는 어려운 일이다. 어느 때는 터무니없이 늦어지기도 해서 끝날 시간을 예측할 수 없다. 점심시간이 되었는데도 진료를 해 준 것이 그나마 다행이었다.

이렇게 늦어졌으니 약속을 하지 않은 것이 외려 잘한 일이다. 혼자서 밥을 먹기로 했다. 여남은 개의 식탁을 가진, 작지만 늘 정갈한 느낌을 주는 식당에 가기로 했다. 손님이 넘치는 것은 아니지만 한두 개의 식탁을 더 놓으면 돈벌이가 나으련만 통로를 넉넉하게 배치한 주인의 마음이 여유 있어 보인다. 또 그런 주인을 쫓아 들어오는지 햇볕도 다른 곳보다 유난히 곱고 푸지다. 그래서 나는 그 식당을 좋아한다.

고비를 넘긴 때문인지 식당은 한산한 편이었다. 저만치 한 테이블에 네 명의 손님이 앉아 있었다. 오십대 초쯤 돼 보이는 부부와 그 한쪽의 어머니인 듯한 노인, 그리고 부부보다 조금 젊어 뵈는 사내 하나. 많은 이야기를 하는 것 같지는 않았으나 분위기는 화기和氣가 가득해 보였다. 무엇보다 노인의 표정이 참 편안해 보였다. 보는 이의 마음도 편안해지는 아름다운 식탁이었다.

불현듯 어머니의 얼굴이 어른거렸다. '나도 저런 시절이 있었지. 어머니가 건강하시던 때에 우리 부부도 저렇게 어머니 앞에 앉았었지.' 하는 생각이 들었다. 그러나 이제는 먼 옛날이야기가 되고 말았다. 저들은 참 좋겠다는 생각, 나는 다시 저런 아름다운 식탁에 앉을 수가 없다는 생각이 뒤를 이었다.

여러 해 전에 어머니를 모시고 식당에 갔을 때였다. 초로의 식당 주인은, "따님이신가요?" 하고 어머니께 물었다. 어머니가 며느리라고 대답하시자, 요새는 딸이 어머니를 모시고는 오지만 며느리가 시어머니를 모시고 오는 경우는 드물다고 했다. 어머니는 며느리의 동행이 무슨 자랑이라도 되는 듯 아내를 칭찬하셨다.

즐겁게 식사를 마치고 돌아올 때에도 식당 주인은 맛있게 잘 잡수셨느냐, 참 좋으시겠다, 오래 건강해서 다시 오시라는 인사를 건넸다. 어머니는 음식 대접보다 그의 인사에 더 만족해하셨다. 주인의 그런 배려가 고마워 우리는 그 뒤로도 몇 번 더 그 식당을 찾았고, 그는 그때마다 같은 인사를 되풀이해서 우리를 즐겁게 해 주었다.

그러나 어머니를 그런 자리에 자주 앉으시게 하지 못했다. 그럴 시간이 없어서, 혹은 돈의 여유가 없어서 그랬다고 핑계를 댈 수 있겠다. 실은 부모를 대접하는 데에는 그리 많은 시간과 돈이 필요치 않다. 시간에 쫓기면 식사 도중에 먼저 일어나더라도 이를 탓할 부모는 없다. 설령 값이 싼 음식을 대접하더라도 이를 나무랄 부모도 없다. 자식의 형편이 정 그러하다면 오히려 부모는 더욱 기뻐하고 고마워할 것이다. 오로지 나의 효심이 부족하기 때문이었다.

어머니 돌아가신 지 어느덧 십 년이 가깝다. 처음에는 잘 몰랐는데 해가 갈수록 아쉬움이 커진다. 어머니 살아 계실 때 더 많이 그런 자리를 했어야 하는데 하는 생각에 후회막심이다.

부모에게는 자식한테 대접받는 자리가 가장 기쁜 자리일 것이고, 자식에게는 부모를 대접하는 자리가 가장 뿌듯한 자리일 것이다. 그래서 자식이 부모를 모시고 앉은 식탁은 아름다운 식탁이다. 세상에서 가장 아름다운 식탁은 늙은 부모를 모시고 자식들이 둘러앉은 자리이다. 이제 나는 그 아름다운 식탁에 다시 앉을 수 없다. 두고두고 가슴 아프게 후회할 일만 남았을 뿐이다.

사랑하기 위해 태어난 사람

이른 아침에 길가의 감나무에서 감을 땄다. 연산댁 아주머니가 허둥지둥 걸음을 재촉한다. 아마도 어느 집에 날일을 하러 가시는가 보다. 아침밥이나 제대로 드셨을까, 하는 생각에 요기나 하시라고 홍시를 하나 드리고 싶었다.

나는 아주머니를 불러 세웠다. 그리고 가장 탐스런 것을 골라 드리며 자시라고 했다. 아주머니는 홍시를 받아 들자마자,

"감이 좋기도 하네. 우리 집 양반 드려야겠네."

라며 집으로 발길을 돌렸다. 나는 다음으로 좋은 홍시를 다시 건넸다.

"그건 아저씨 드리고 이건 아주머니 잡수세요."

아주머니는 몇 번이나 고맙다 인사를 하고 서둘러 집으로 향했다.

평소 지극히 아저씨를 섬기는 아주머니는 나중의 것도 아저씨께 드렸을 것이다. 아주머니는 평생 그렇게 아저씨를 정성으로 섬겼다. 부잣집 아들이었다는 아저씨는 일이 몸에 배지 않아서 거친 일을 하지 않았다. 대신 그 모두가 아주머니의 몫이었다. 때로는 남의 집 일로 돈을 보태어 살림을 꾸렸다. 뾰족이 돈이 나올 구멍이 없는 살림이라 늘 쪼들렸을 것이다.

그래도 불평은커녕 늘 웃는 낯으로 아저씨와 마실꾼들을 대했다. 아주머니를 볼 때마다 그 아저씨는 어떤 복을 타고났기에 저런 아주머니를 만나 나름 호사를 하나, 생각하곤 했다.

어느 날에는 우리 집 밭의 반 뼘이나 자란 쪽파를 보고,

"저걸로 깨소금간장을 만들면 우리 집 양반이 참 맛있게 잡수시겠다."

라고 해서 아직 뽑아 먹지 않은 쪽파를 뽑아 드린 적도 있다.

부부간의 일이라서 내가 정확히 알 수는 없는 일이나, 아저씨는 그런 아주머니의 정성을 당연한 듯 받아들일 것 같았다. 그렇게 아주머니의 노력은 진지하고 정성스러웠다.

사람들은 흔히 '사랑받기 위해 태어난 사람'이란 말로 누군가가 누리는 행복을 부러워한다. 누구로부터 섬김을 받는 것을 행운이요, 복으로 생각한다. 그러나 연산댁 아주머니처럼 줄기차게 자신을 버려 섬길 사람이 있다는 것 또한 행운이요, 복인 것이 분명하다.

사랑하기 위해 태어난 사람이 누리는 기쁨이 사랑받기 위해 태어난 사람만 못할 리 없다.

아
버
지
의

못

어느 날 아버지께,

"아버지는 여태껏 사시면서 죄 지은 적 없으시지요?"

하고 여쭈어보았다.

부모에게 이런 질문을 한다는 것은 대답에 대한 확신이 있을 때에만 가능하다. 부모가 자식에게 죄를 고백하거나 거짓을 말하게 하는 것은 용서받지 못할 일이다. 내가 생각하기에 우리 아버지와 작은 누님은 조금도 죄를 짓지 않은 분들이라는 확신이 있기에 가능한 일이었다.

질문을 던지고 나서 나는 바짝 긴장하였다. 아버지께서 바로 대답을 하시지 않았기 때문이다. 내가 모르는 뭔가 께름칙한 것이 있으신가,

괜히 쓸데없는 질문을 했다고 후회했다.

아버지께서는 지난날을 촘촘히 더듬으시는 것 같았다. 한참 후에 이윽고 입을 여셨다.

"나는 뭐 죄랄 것은 없지."

그리고 뒤를 이어 말씀하셨다.

우리 집은 소를 키웠다. 부모님은 소를 먹이는 데 정성을 다하셨으므로 우리 소는 유난히 살이 쪘다. 그래서 정육점을 하는 사람들은 우리 소를 탐냈다. 그러던 중에 여러 해 동안 일하며 늙은 소를 힘이 좋아 일을 잘할 젊은 소로 바꿔야 할 때가 되어 기르던 소를 팔았다.

소를 팔고 나서 몇 시간이 지나서였다. 쿵쿵쿵 하는 소리가 들리더니 팔려 간 소가 뛰어 들어왔다. 고삐가 풀린 채 이마에는 피가 흐르고 있었다.

곧이어 소를 사간 사람이 뒤따라왔다. 도축장에 끌고 가서 도살하려고 머리를 내리쳤는데 빗맞은 소가 도망쳐 왔다는 것이다. 소는 이미 그 사람의 소유물이었기에 그에게 끌려 다시 도축장으로 갔다.

"크게 상처를 입어서 우리 집에 두었어도 살기는 어려웠을 것이지만, 죽을 고비에 그래도 주인한테 가면 살 수 있을 것이라는 생각에 오 리나 되는 먼 길을 달려 집으로 왔는데…. 다시 그 사람한테 끌려가게 했으니, 내가 못할 짓을 했지. 죽든 살든 그냥 집에 두고 가라 하고

돈을 내줄 걸. 오랫동안 정들어 살던 소에게 내가 잘못했지. 사람의
도리가 아니지. 두고두고 내가 후회하는 일이지."

평생 착하게만 살아오신 아버지. 그 가슴에 깊이 박혀 뽑히지 않는 못
이 있었다.

또
한
분
의
어
머
니

오랜만에 박 교수님을 뵈러 갈 참이다. 교수님께서는 내가 나타나면 어떤 표정을 지으실까 궁금하다. 교수님은 아마도 내가 마음 상할까 봐 특유의 온유한 표정으로 나를 맞으실 것이다. 그러나 내가 선뜻 교수님을 찾아뵙지 못하는 것은 '지은 죄'가 있어서 그렇다.

박 교수님은 내가 대학원을 다닐 때에 지도교수셨다. 교수님은 내게 어머니 같았다. 때로는 엄격하시면서도 한없이 모든 것을 용납하는 부드러운 어머니셨다. 나만 그런 것이 아니라, 많은 학생들이 그렇게 교수님한테서 어머니의 따뜻한 정을 느꼈다.

나는 현대시를 전공했지만, 고전 시가 전공이신 박 교수님께서 나의 지도를 맡으셨다. 나는 직장 생활을 하면서도 일반 대학원을 다녔는데, 재직하고 있던 학교의 교장 선생님의 특별한 배려로 별 어려움 없이 수강을 마쳤다. 정작 공부는 열심히 하지 않고서, 논문은 좀 그럴듯하게 써 보고 싶은 욕심이 생겼다. 그래서 강의 이수에 맞추어 논문을 제출하지 않고 공부 좀 해서 천천히, 부진했던 공부를 만회할 수 있는 멋진 논문을 쓴다는 계획을 세웠다.

이 계획이 잘못된 것이었다. 새로운 무엇을 내가 가지려면 지금 내가 손에 쥐고 있는 무엇인가를 내려놓아야 한다. 그러나 나는 '멋진 논문'을 쓴다는 계획에 부응해서 어떤 일을 줄이지 않았다. 평소에 하던 대로, 놀 것 다 놀고, 갈 데 다 가면서 논문을 쓰기란 불가능한 일이었다. 처음 각오와는 달리 논문 작업은 지지부진한 채로, 아니 거의 진행되지 않으면서 한 학기, 두 학기가 지나갔다.

나의 논문이 진척이 없었다고 해서 마음 편히 잘 놀았던 것은 아니다. 놀기는 놀았는데, 마음이 편하지 않았다. 무엇을 해도 머릿속에서 논문이 떠나지 않았다. 그러나 절제하는 힘이 부족한 나는 길들여진 일상에서 벗어나지 못했다.

논문 제출 시한이 가까이 다가왔다. 조바심이 났다. 그러나 그럴수록 일은 되지 않는 법이다. 걱정만 하고 있던 차에 박 교수님한테서 전화가 왔다. 논문을 빨리 준비하도록 하라는 말씀이셨다. 교수님께 불려간 나는 재미있는 일상에서 벗어나 논문을 준비하기로 하고 돌아왔다. 교수님의 어머니 같은 지도로 논문을 썼다. 그래서 겨우 학위를 받았다. 교수님의 독려와 지극한 정성이 아니었다면 끝내 학위를 받지 못하고 '수료'에 그쳤을 것이다.

시간이 흘러 나는 교감을 거쳐 교장이 되었다. 교장이 되었어도 바쁘기는 매한가지였다. 그러던 어느 날 박 교수님께서 전화를 하셨다. 누구를 통해서 교장 승진의 소식을 들으셨는지 축하의 말씀과 함께 나에게 저녁을 사 주시겠다고 하셨다. 내가 교장이 되었다고 기뻐하시는 박 교수님은 여지없는 어머니였다. 내가 먼저 전화를 드려서 이 사실을 말씀드렸어야 했는데 하는 후회가 들었다. 나는 너무나 죄송하여 내가 대전에 가서 저녁을 대접하겠다고 말씀드렸다.
그러고 나서 또 세월이 흘렀다. 얼마 후 후배를 만나서 이야기하던 중에 교수님께서 돌아가셨다는 말을 들었다. 그야말로 청천벽력靑天霹靂, 후회막심後悔莫甚이었다. 나는 씻을 길 없는 큰 죄를 짓고 말았다. 아무리 내리사랑이라고 하지만, 이럴 수는 없는 일이다. 그렇게 큰 은혜를 입고 마음으로는 감사하면서도 그 은혜에 보답하기는커녕, 끝내 그 사랑을 다 받아들이지 못한 나 자신이 한심하고 미웠다.

나는 박 교수님을 정말 존경했다. 늘 어머니 같은 따뜻함을 느낄 수 있었고 그 아늑함이 참 좋았다. 늘 연구를 하시어 좋은 논문을 내시는 것도 그러려니와, 그보다도 내가 선생을 해 보니 나는 박 교수님처럼 제자를 사랑할 수가 없었다. 박 교수님은 내가 선생을 하면서 늘 나를 반성하게 하고, 나를 독려케 하는 거울이고 이상이었다.

전화를 하시면 나는 벌떡 일어서서 부동자세로 말씀을 들었다. 직접 교수님 면전이 아니고 전화를 통해서이지만, 교수님의 말씀을 들으면서 흐트러진 자세를 취할 수는 없는 일이었다. 나중에는 내가 전화 받는 자세를 보고 아이들이 "아빠 선생님이시지요?" 하고 알아차렸다.

나는 지금까지 지내 오면서 아내를 데리고 누구에게 인사를 간 적이 많지 않다. 친척집을 방문한 것을 제외하면 다섯 손가락 안에 든다. 그런데 교수님께는 두 번이나 아내와 동행했었다.

내가 그렇게 감사하고 존경하는 분이었는데도 나는 그분께 매우 소홀했다. 이런 것을 보면 나는 사람의 도리를 하지 못하고 사는, 참 나쁜 사람인가 보다. 이제 와서 자책하고 참회를 한들 무슨 소용인가.

얼마 전에 대학원 후배인 김 교수를 만났다. 우리는 오랜만에 만나 옛날을 회상하다가 박 교수님 이야기를 했다. 그분한테서 지도를 받은 사람은 누구나 다 그분을 잊지 못하는 것이 너무나도 당연한 일이다. 나는 김 교수에게 나의 죄상을 이실직고以實直告했다. 그리고 박 교수님의 산소 위치를 알아 달라고 부탁했다.

며칠 전에 김 교수로부터 문자가 왔다. 염치가 없지만 늦게나마 박 교수님을 찾아뵈려 한다. 교수님을 찾아뵈면 또 그렇게 너그러이 나의 잘못을 용서해 주실 것이다. 아마도, 늦었어도 괜찮다고 하시며 등을

토닥여 주실 것이다. 이번에도 박 교수님을 뵈러 가면서 아내와 동행
하고자 한다. 아내는 나의 주변머리를 책망하면서도 선뜻 따라나설
것이다.

꺼칠한 턱수염

박용래 선생을 내가 처음 알게 된 것은 강경상업고등학교 2학년 때이
다. 우리 학교에서는, 그 당시 시골 학교로서는 드물게 교지를 발간
하고 있었는데 그 교지 『팽나무』에 박 선생님의 시 「삼동三冬」이 실림으
로 인해서이다.

당시에 강경상고 출신으로 관계와 재계에서 왕성한 활동을 하시는 분
이 여럿이었지만, 그분들이 선망의 대상이 되지 않았다. 나는 이미
시인이 되기로 작정한 터라서 박용래 선생님이 가장 우러러 보였다.
그 교지에 실린 「삼동」 말미에 '시인, 20기 졸업생'이라는 짧은 한마디
가 나를 오랫동안 옭아맸다. '그렇다. 나도 이 선배님처럼 시인이 될

수 있다.'라는 희망을 가지게 했다.

그리고 나는 고등학교를 졸업하고 나서, 드디어 박용래 선생님을 뵙게 되었다. 문단 데뷔 전이었지만, 시동인지 『새여울』에 참여하면서 충남문인협회에 가입하게 되었기 때문이다. 나는 선생님께 강경상고 출신이라는 것과 「삼동」이 주었던 감동을 말씀드렸다. 박 선생님은 몇 번이나 "네가 내 후배냐?"고 하시면서 애송이였던 나를 따뜻하게 감싸 주셨다.

그 뒤로 박 선생님을 뵐 적마다 선생님께서는 나를 꺼안고 오랫동안 볼을 부비셨다. 까칠한 턱수염이 내 뺨에 닿았다. 처음에는 대선배님의 포옹이 싫지 않았다. 그러나 뵐 때마다 이어지는 포옹은 나를 괴롭혔다. 수염을 잘 깎지 않으시는 선생님이었기에 수염이 내 볼을 파고드는 것 같았다.

언제부터인가 선생님의 포옹이 싫어졌다. 그리고 그 포옹에서 벗어나기를 기다렸다. 그러나 포옹은 오래 이어졌다. 선생님을 뵐 때마다 그 포옹의 시간이 두렵기조차 했다. 지금 생각하면 얼마나 나를 귀여워하셨나 짐작할 수 있다. 당신의 어린 후배가 시를 쓰겠다고 어른들을 쫓아다니는 것이 대견하셨을 것이다. 그래서 애정 표현을 하신 것인데 나는 그 마음을 제대로 받아들이지 못했던 것이다.

그리고 나는 문단에 데뷔하였고, 박 선생님을 자주 뵐 수 있었다. 처음으로 원고 청탁을 받은 작품이 『현대시학』에 실렸다. 나로서는 상당히 신이 나는 일이었다. 그리고 내가 심혈을 기울여 썼으므로 웬만큼 작품성도 있으리라 생각하고 선생님 댁을 찾아가 보여 드렸다(실제로 홍기삼 선생께서 동아일보 월평을 통하여 호평해 주셨었다). 후배에게 따뜻한 격려 말씀을 하시리라 기대하였으나, 선생님께서는 작품을 훑어보시더니,

"야, 이게 시냐? 이건 구호지. 시가 아니야. 시는 이렇게 쓰는 것이 아니야."

라고 말씀하시는 것이 아닌가. 나는 의외의 말씀에 너무나 섭섭했다. 칭찬은 못 하실망정 이렇게 혹평을 하시다니…. 나는 그 자리에서 바로 나와 버렸다. 그리고 나는 어둡고 추운 밤거리를 걸으면서 다짐하였다. 언젠가 선생님께서 '정말로 잘 썼구나. 야, 너 이 작품 참 좋다.'라고 말씀하실 작품을 쓰겠노라고. 마음속으로 다짐에 다짐을 하며 돌아왔다.

알고 보니 나태주 시인에게도 그런 말씀을 하신 적이 있다고 했다. 선생님께서는 아끼는 후배에게 그렇게 말씀하심으로써 분발하게 하는 사랑의 표현이었음을 훨씬 뒤에야 알게 되었다.

선생님께서는 내게 자주 전화를 하셨다. 어떤 때는 작품을 새로 쓰셨다고 읽어 주셨다. 그리고 나의 느낌을 말하라고 하셨다. 내가 대선배님의 작품에 대하여 말씀드리는 것이 송구스러워 처음에는 아무 말도 하지 않았다. 그러면 선생님께서는 자꾸 다그치셨다. 그래서 나는 하는 수 없이 생각나는 대로 이 말 저 말 되잖게 중얼거렸다.

선생님께서는 그게 재미있으셨는지 작품을 쓰시고 나면 전화를 하셔서 읽어 주셨다. 그리고 어떤 때는 이미 잡지사에 송고한 원고를 고치시기도 했다. 이런 점은 선생님께서 얼마나 작품에 대하여 애정을 쏟으셨는가를 잘 보여주는 일이라고 생각한다.

언젠가 한번은 전화를 하셨다. 낮에 혼자 댁에 계시려니 내 생각이 나셨나 보다. 그 특유의 정감이 넘치는 어조로,

"야, 우리 집에 봄이 와서 수선이 싹이 텄다. 너 그것 보러 안 올래?"

라고 말씀하셨다. 나는 바로 가겠노라고 대답을 하고서 일이 바빠 찾아뵙지 못하였다. 며칠 뒤에 다시 전화가 왔다.

"야, 너 왜 안 오니? 이제 수선이 피었다가 지고 있다."

다소 노기 띤 어조였다. 사죄를 한 다음 나는 그날로 선생님을 찾아뵈었고, 이어 막걸리 주전자를 들고 종종걸음을 쳤다.

나는 지금도 수선이 좋다. 선생님을 생각하면 '홍래 누님의 오동꽃'을 생각하고, 오동꽃을 보면 선생님 생각이 난다. 그보다 더 많이 추위 속에서 가녀린 모습으로 피어 있는 수선이 생각난다.

저승에서도 선생님의 턱수염은 예전처럼 길었을까. 내가 언젠가 선생님을 뵙는 날 '너도 이제 왔구나.'라시며 또 나를 안고 꺼칠한 턱수염을 내 뺨에 부비실까.

생생한 풍경들

산과 내는 우리에게 좋은 놀이터였고, 어머니의 품속이었다.
산에 오르면 토끼가 되어 뛰어다니고,
냇가에 가면 송사리가 되어 맑은 물에서 헤엄쳤다.
아름답고 투명하리만치 깨끗한 자연 속에서 보낸
나의 유년은 나날이 행복으로 가득했다.

행복의 보금자리

내가 예전에 살던 집은 행복의 보금자리였다. 그 집에 살던 시절에 나는 참 행복했었다.

집이래야 오늘날의 번듯한 집들에 비하면 작고 초라했지만, 나에게는 더할 나위 없이 행복한 공간이었다. 봄마다 화사하게 꽃을 피우는 살구나무 아래의 키 작은 초가집. 그 집에 살 때, 나는 참 행복해서 다른 집에 살기를 바란 적이 없었다. 그렇게 그 집이 좋았다. 그 집에서 오래 살고 싶었다.

그 집은 본채가 초가삼간, 사랑채에 방 한 칸이 전부인 작고 오래된 낡은 집이었다. 본채에는 두꺼운 널빤지로 된 앞마루가 있을 뿐, 골방도 뒷마루도 없는 작은 집. 초겨울이면 나래를 엮어 새로 지붕을 덮었는데 전에 덮었던 나래를 완전히 걷어 내지 않아서 지붕이 유난히 두꺼웠다. 지붕의 무게를 견디지 못해 집이 한쪽으로 기울었다는 생각이 들 정도였다. 그러나 마루는 오랜 걸레질로 반짝반짝 윤이 났다. 그래서 오래된 집이었으나 새집 같다는 생각이 들었다.

사랑채가 오히려 본채보다 규모가 컸다. 방 한 칸에 외양간과 헛간, 변소가 이어져 있었다. 사랑방에는 내가 어렸을 적에는 군인 가족이 살기도 했고, 외사촌형님이 사범학교를 졸업하고 가까운 학교로 발령받아 우리 집에 있을 때는 그 방에 살았다. 어느 한때는 그 방에 시렁을 매고 누에를 치기도 했다.

바로 그 옆으로 외양간이 붙어 있어 소를 키웠다. 헛간은 새로 집을 지으려고 미리 사서 쌓아 놓은 연목이 공간의 대부분을 차지했다. 변소 안쪽의 잿간은 겨우내 받은 재를 쌓아 둘 만큼 넓었다. 변소는 콘크리트로 바닥을 했는데, 크고 넓어서 그 위를 가느다란 연목으로 덮었다.

그 집은 작았지만, 모든 것을 받아들였다. 작으면 작은 대로, 비좁으면 비좁은 대로 살 만한 집이었다. 휑하니 넓지 않고 빡빡하게 좁은 듯해서 더 정다웠는지 모른다.

오래된 집이어서 여러 사람이 거쳐 갔다. 그렇지만 집 안 어디에도 사람들의 손때가 묻어 있지도 않고, 한때 진하게 배었을 체취도 말끔하게 지워져 있었다. 그래서 헌 집이라는 생각이 전혀 들지 않았다. 몇 해 전에 새로 집을 짓고 우리가 처음 사는 것 같았다.

새로 지은 집도 제대로 가꾸지 않으면 바로 헌 집이 되어 버린다. 그러나 헌 집도 방 안팎을 깨끗이 청소하고 잘 관리하면 새집 못지않은 좋은 집이 된다. 그렇게 그 집은 마음속의 새집이었다. 비록 작고 오래된 집이었으나 내가 행복했으므로 다른 더 좋은 집으로 이사하기를 바라지 않았다.

그런데 우리 살림이 늘어나면서 그 집은 우리 살림을 감당하기에 마당이 너무 좁았다. 가을에 벼 타작을 하려면 논의 볏단을 차례로 마당에 들여쌓아야 하는데 마당이 좁아 다 쌓을 수가 없었다. 한때는 마당이 좁아 정겨웠던 집이 비좁아 살기에 불편했다.

그리고 풍수지리에 밝다는 사람의 말이, 집의 형국이 쌀을 이는 조랭이 같아서 지금까지는 재물이 계속 불었는데, 이제 조랭이가 가득 차서 세월이 가면 재물이 준다는 것이다.

그 말이 마음에 걸리기도 했지만, 우리 집 살림에 맞지 않는 집이라 내가 고등학교 1학년 때에 마당에서 축구를 할 만큼 넓은 집으로 이사했다. 집을 떠나기가 매우 서운했으나 그것은 어쩔 수 없는 선택이었다.

이사하고 나서도 옛 집은 우리 집이었다. 나는 그 집 옆을 지날 때마다 집 안을 한참씩 들여다보았다. 걸음을 늦추어 느릿느릿 그 집 앞을 통과했고, 발은 사립문을 지났는데도 눈길은 여전히 그 마당에 머물러 있었다.

그렇게 그 집을, 그 집의 분위기를 잊지 못해 그리워했다. 그 집은 얼마간 비어 있었다. 비어 있는 동안은 내가 떠나서 살지 않아도 여전히 우리 집이었다.

그런데 그 집은 오래 비어 있지 않았다. 그 집을 사들인 사람이 집을 헐물어 버렸다. 집의 자취는 모조리 사라졌으나 그 집을 굽어보던 키 큰 가죽나무와 유달리 달았던 감나무는 그대로 서 있었다. 그때까지도 우리 집이었다.

집이 헐리고 나서 바로 가죽나무와 감나무, 사랑채 뒤에 서 있던 나이 많은 대추나무도 베어 버렸다. 이젠 옛 집의 흔적이라곤 하나도 찾아볼 수 없는 빈터가 되었다. 우리 식구들은 그때까지도 그곳을 우리 집 터라고 불렀고 마음이 그 집을 완전히 떠나지 않았다.

또 얼마간의 시간이 흐르자 그 터에 새집이 들어섰다. 아니, 정확히 말하자면 헌 집이 새로 들어섰다. 그때까지도 헐리는 좋은 집을 그대로 뜯어 다른 터로 옮기는 일이 있었다. 어디선가 헌 집을 뜯어 와서 그 자리에 다시 세웠던 것이다. 새로 세운 집은 겉으로 보기에는 제법 그럴싸한 집이었으나 분명한 헌 집, 새집이 아니었다.

헌 집이 옮겨 오면서 옛 우리 집 자리의 향기는 식구들의 마음에서 곧 사라졌다. 그렇게 감미롭던 향기였는데도 믿을 수 없을 만치 빨리 사라졌다. 이내 그 집에 살던 추억도 사라졌다. 그 집에서 바라보던 앞산의 아름다움과 그 집 마당에 피웠던 모깃불 냄새도, 마당에 멍석을 깔고 누워 바라보던 하늘의 별들도 사그리 자취를 감춰 버렸다.

그 자리에 새로 집이 들어서지 않았더라면 지금도 그곳에 가면 옛 향기가 남아 있을 것 같다. 아니, 큰 헌 집을 옮겨 오지 않고 작지만 새 집이 들어서기만 했어도 얼마나 좋았을까. 그랬더라면 그 작은 집은 오래도록 내 마음속에 아름답게 살아 있을 것을.

아쉽게도, 한때 내 행복의 보금자리는 이렇게 마음에서 산산이 부서져, 지금은 아무런 흔적도 없이 사라져 버렸다.

추억의 보물 창고

— 강경, 그리고 금강

∴ 자연 속에서 행복했던 어린 시절 ∵

아름다운 자연 속에서 보낸 내 어린 시절은 맑고 행복했다. 많은 사람들이 다가올 미래에 대하여서는 기대와 불안을 함께 갖지만, 까마득히 멀리 지나간 것들은 그리워한다. 그래서 과거는 아름다운 모습으로 우리의 기억 한편을 차지하고 있다. 나같이 근면·성실한 분들을 부모로 태어난 것을 세상에서의 가장 큰 행운이라고 생각하는 사람에게는 더군다나 어린 시절이 아름다울 수밖에 없다.

우리 마을의 산은 그리 높지는 않았지만 골은 비교적 깊은 편이어서 일 년 내내 맑은 물이 흘렀다. 우리 같은 조무래기들은 해가 뜨면 산

121

에 오르고, 산에서 내려오면 냇가로 가서 하루를 보냈다. 산과 내는 우리에게 좋은 놀이터였고, 어머니의 품속이었다. 산에 오르면 토끼가 되어 뛰어다니고, 냇가에 가면 송사리가 되어 맑은 물에서 헤엄쳤다. 아름답고 투명하리만치 깨끗한 자연 속에서 보낸 나의 유년은 나날이 행복으로 가득했다.

∴ 강경과의 인연 ∵

내가 자란 마을은 용이 산다는 뜻의 소룡리巢龍里. 정말 용이 살았다 싶을 정도로 지금도 맑고 아름다운 청정 지역이다. 산과 산이 어깨동무를 하듯 둘러선 한가운데에 자리 잡고 있는 마을은 정원처럼 아늑한 느낌이다. 삼면三面이 산으로 둘려 있어 산이 마을을 껴안고 있는 듯하고, 남쪽으로는 마을을 가로질러 시내가 흘렀다. 시내를 따라서 길이 있었고, 그 길을 통하여 이웃 마을에 닿았다.

냇물은 샘물처럼 맑았다. 아침이면 냇물에서 이를 닦고 김칫거리를 씻었으며, 저녁이 되면 아낙들은 냇물에 가서 목욕을 했다. 내를 이루는 물줄기는 주로 마을 위의 저수지가 있는 골짜기에서 흘러내렸다. 저수지 둘레에는 오래된 벚나무가 있어 봄이면 흐드러지게 꽃이 피었다. 봄마다 학생들은 그리로 소풍을 갔고, 벚꽃이 필 때는 저녁 무렵이면 꽃구경을 하고 돌아가는 읍내 사람들이 신작로에 줄을 이루곤 했다. 그 저수지는 일본 사람들이 강경에 수돗물을 공급하기 위하여 만든 것이었다.

우리 동네와 강경은 삼십 리나 떨어져 있었지만, 예전에는 강경장을 보았다고 했다. 우리 아버지도 강경장에 장작을 내다 팔고 물건을 사오셨다고 했다. 또 겨울철 새벽에는 사람들이 웅성거리는 소리가 들렸는데, 그 소리는 우리 동네를 지나 깊은 산으로 나무를 하러 가는 강경 사람들이 이야기하는 소리라는 것이다. 그렇게 강경은 멀리 떨어진 이웃이었다.

∴ 염라대왕과 미내다리 ∵

마을을 꿰뚫고 흐르는 냇물은 동네 사람들의 삶 속에 깊이 자리하면서 많은 이득을 주었다. 그러나 언제나 그런 것만은 아니었다. 여름에 장마가 지고 폭우가 내리면 냇물은 공포의 대상이 되었다. 산에 나무가 적었던 시절이어서 내리는 빗물로 곧장 냇물이 불어나 논밭을 쓸어 가고, 때로는 냇가에 있던 작은 집들을 삼켜 버리기도 했다.

그래서 우리 동네 사람들이 여름마다 연례행사로 치르는 일이 수해를 피해 피난을 가는 일이었다. 하늘이 구멍 난 것처럼 장맛비가 쏟아지면 산 전체가 나무는 없이 온통 시뻘건 황토 흙이었던 붉당골에서 먼저 붉은 황톳물이 쏟아져 내렸다. 냇물이 붉은빛을 띠면 동네 사람들의 얼굴에는 근심이 서리기 시작한다. 지내기 저수지는 축조한 지가 오래되었고, 저수량도 적어서 너른 산판에 내리는 많은 빗물을 감당하지 못했다. 수문을 아무리 열어 놓아도 물이 차올라서 금방이라도 둑이 터질 것만 같았다.

비가 심하게 내리는 날은(낮보다는 밤에 더 많이 내린 것 같다) 사람들이 걱정스런 낯빛으로 저수지로 올라가고, 내려오는 사람에게서 들은 말은 꼬리를 물고 고샅에 퍼졌다. 사람들은 집으로 돌아와 저녁밥을 일찍 지어 먹고, 이삿짐을 싸듯 값나가는 살림살이를 꾸려 평소의 친소親疎에 따라 안전지대에 있는 집으로 피난을 갔다.

우리 집은 내 건너에 있는, 우리 수양어머니네 집으로 피난을 갔다. 나의 수양어머니는 무당이었는데, 내 위로 있던 몇 명의 형이 단명하였기 때문에 내 명이 길라고 무당에게 판 것이었다. 동네에서 살림살이가 비교적 넉넉했던 우리 집에서는 때때로 쌀이며 채소 등을 수양어머니네 집에 보냈고, 한겨울이 되면 할 일이 없는 수양어머니는 우리 집에 오셔서 며칠씩 묵어 가셨기 때문에 우리는 늘 그 집으로 피난을 갔다.

우리 집의 재산 목록 1호가 농사일을 도와주는 큰 소였기에 아버지는 일찌감치 소를 끌고 수양어머니네 집으로 향하셨다. 마침 그 집에 외양간이 있어서 소도 비를 맞지 않고 편안히 피난할 수 있었다.

우리 동네에서는 물에 떠내려가면 미내다리에 걸친다고 했다. 미내다리가 어디에 있는 다리인지 나는 알지 못하고 우리 동네에서 흐르는 물이 흘러가는 곳이라는 것만 알았다. 저승에 가면 염라대왕이 생전에 미내다리를 보았느냐고 물어본다고 했다. 그리고 어른들이 아이를 골릴 때에 "너는 미내다리 밑에서 주워 왔다."라고 말할 정도로 근방에 널리 알려진 다리였다.

내가 강경상업고등학교에 다닐 때에야 비로소 미내다리를 볼 수 있었다. 체육 시간마다 둑길을 따라 구보를 하였는데, 강을 건너 돌아오는 길에 이 다리 옆을 통과했다. 이때에는 이미 다리 밑에 물이 흐르지 않아서 다리라고 생각되지도 않았다. 그러나 그 다리는 호남에서 서울을 가려면 건너야 하는 중요한 다리였다고 했다. 이제는 돌아보는 이 없이 풀숲에 방치되어 있는 다리는 외관外觀도 아름답지만, 강경의 어느 부자가 다리를 놓았다는 아름다운 사연도 지니고 있었다.

∴ 강경역의 풍경 ∵

내가 초등학교를 졸업할 1960년대 중반까지도 강경은 군청이 있는 논산보다 발달되고, 경제적으로도 풍성한 도시였다. 일제시대에는 말할 것도 없고 해방이 된 지 20년이나 되었지만, 그때까지도 강경에 있는 학교들이 좋다는 평가를 받고 있었다. 나는 그리던 강경중학교에 진학하였다. 집에서 십오 리 길을 걸어 연무역에서 기차를 타면, 기차는 힘겹게 수증기를 내뿜으며 느릿느릿 달려 강경에 갔다.

강경역은 언제나 사람들로 북적댔다. 아침 시간에는 기차가 도착할 때마다 기차에서 내려 시내 쪽으로 걸어가는 사람들이 도로를 가득 메웠다. 그 사람들이 하루 일을 마치고 돌아가는 저녁 시간에도 대합실은 붐볐다. 사람의 통행이 많은 곳에는 상권이 형성되기 마련이어서 역전 광장을 빙 둘러 상가가 형성되어 있었다. 역사驛舍를 등지고 바라보면 좌측 끝에 역전파출소가 있고, 역 앞마당에는 목판에 엿을 수북하게 쌓아 놓고 손님들을 기다리는 엿장수가 있었다.

파출소가 있어서 그랬는지 역파(역전파출소의 약칭) 쪽은 언제나 조용하였다. 그러나 반대쪽은 늘 끊임없이 오가는 사람들로 시끄럽고, 이따금 고성이 오가는 싸움판이 벌어지기도 하였다. 역 가까이의 상가는 대개 음식점들이었는데 그중에서도 앞마당에 등꽃이 예쁘게 피던 국수집을 잊을 수 없다.

그 영상이 선명한 것은 유리창 밖까지 풍겨 오던 구수한 국물 냄새도 냄새려니와 국물을 끓이는 큰 솥의 뚜껑을 열면 유리창 안을 순식간에 짙은 안개가 낀 듯 하얗게 만들던 김 때문이다. 그것은 내가 타고 다니던 증기기관차가 내뿜는 수증기와 흡사하였다. 그 솥에서 몇 그릇의 국수물을 끓여 얼마나 많은 사람들의 허기진 배를 채워 주었을까.

∴ 금강과의 만남 ∵

내가 강경역에서 기차를 내려 학교에 가려면 저 멀리 둑 너머로 강을 오가는 범선帆船들의 황포돛대가 보였다. 금강을 보기 전까지 상당히 오랫동안 둑 너머에 있는 강은 나에게 환상의 세계였다. 맑은 강물과 유유히 떠다니는 돛단배들. 그리고 아마도 뱃노래가 들려올 것만 같았다.

강경에서의 생활이 얼마를 지나 강경이 낯익으면서 나는 금강을 보았다. 금강, 산골에서 자라난 내게 강은 낯설었다. 강둑에 올라 처음 금강을 보았을 때에 너무나 의외의 사실에 나는 놀라고 말았다. 내가 오래 상상했던 대로 강물은 맑고 투명한 것이 아니라 온통 흙탕물이었다. 아니, 강물이 이게 뭐란 말인가. 샘물처럼 맑고 깨끗한 물을 보면서 자란 나는 도저히 믿기지 않았다. 우리 동네에서 흘러온 그 맑은 물이 어찌 저리 혼탁해졌단 말인가. 손을 담그기는커녕 가까이 다가가기도 싫었다. 그 뒤로 나는 오랫동안 금강을 외면하면서 지냈다.

그러나 금강은 나의 생활에서 멀리 떨어져 있지 않았다. 학교에 가면 강경에 사는 친구들은 금강에서 수영을 하였다거나 낚시를 하였다는 이야기를 되풀이했다. 나는 그렇게 더러운 물에서 어떻게 수영을 하는지 도무지 이해할 수 없었다. 그렇지만 그런 강가에서 자란 친구들은 그 물을 아무렇지도 않게 생각하고 있었다. 나를 더욱 경악케 하는 것은 강경의 강둑 밑에 사는 사람들이 그 강물을 퍼다가 가라앉혀서 식수로 사용한다는 것이었다. 또 많은 사람들이 강에서 고기를 잡아 팔기도 했다. 이렇게 금강은 강경 사람들의 삶에 깊숙이 자리하고 있는, 삶의 터전이었다.

∴ 강경의 속살 1 – 선창과 세편 ∵

보리가 누렇게 익어 가기 시작할 때면 어머니는 강경에 가서 조기를 사 오셨다. 우리 집은 제사가 많기 때문에 그때마다 제사상에 올리기 위해서였다. 어머니는 조기를 두 갓 정도 사 오셨던 것 같다. 그중에서 두세 마리는 매운탕을 끓였다. 뒷산에서 꺾어 온 고사리에 배가 누렇게 빛나는 참조기를 넣고 끓인 맛이라니. 촉촉이 비가 내리는 날이

127

라면 그 맛은 더욱 좋았다. 나는 아직도 어릴 때 먹던 그 조기탕처럼 맛있는 매운탕을 먹어 본 일이 없다. 맛있는 음식 이야기가 나오면 가장 먼저 떠오르는 조기 매운탕. 고사리 맛이었을까, 조기 맛이었을까, 아니면 음식 솜씨 좋던 어머니의 손맛이었을까.

나머지 것들은 부엌의 살강 밑에 놓인 단지에 담고 켜켜로 막소금을 뿌렸다. 제사상에 올리는 간조기를 만들려고 조기를 담는 것이다. 제사를 지내고 나서 먹는 간조기 맛은 또 나름대로의 풍미가 있었다. 쫀득한 살맛도 좋지만, 며칠씩 아궁이에 데워서 먹는, 가끔씩 재티가 날아와 앉은 조기 대가리 맛 또한 잊을 수가 없다. 엄격한 유교적 집안에서 자라 봉제사奉祭祀를 중요시 여기던 어머니는 조기를 담고 나시면 언제나 환한 미소가 얼굴에 가득했다.

어머니가 조기를 사러 다니시던 곳이 바로 강경의 선창이다. 강경의 전성기에는 성어기(3월~6월)에 100여 척의 배가 정박했고, 수천 명의 상인들이 몰려들었다고 한다. 내가 중학교를 다닐 때까지만 해도 고깃배들이 많이 들어와 양쪽 강둑에는 배들이 즐비하였다. 강경이 번성했을 당시에 읍내에 파출소가 세 곳 있었는데, 이곳 선창가에도 부두파출소가 있었다. 그로 미루어 얼마나 많은 고깃배들이 들어왔었는가, 뱃사람들이 얼마나 북적거렸는가를 짐작할 수 있을 것이다.

그리고 옥녀봉 서쪽 비탈에는 금방이라도 밑으로 굴러떨어질 듯 위태위태하게 작은 집들이 다닥다닥 붙어 있었는데, 뱃사람들을 상대로 한 술집들이었다. 그곳 어디선가에서 대낮에 들리던 장구 소리. 아마도 그 술상 머리에는 내 또래쯤 되는, 곱고 어린 아가씨가 앞가슴을 풀어헤치고 억센 사내 옆에 앉아 있었을 것만 같았다. 강경 사람들은 옥녀봉 서편인 이곳을 '세편'이라고 불렀다. 그리고 '세편에 갔다 왔다'는 말은 사창가에 갔었다는 말로 통했다.

∴ 강경의 속살 2 – 골목골목 찍힌 내 발자국 ∵

나는 강경에서 중·고등학교 6년을 다니면서 여러 곳에서 하숙을 했다. 그래서 골목골목에 나의 체취가 배어 있다. 중학교 1학년 때 연무역에서 기차를 타고 통학을 하던 나는 가을이 되어 해가 짧아지자 하숙을 시작했다. 염천동 마차조합(우마차를 가진 사람들이 모인, 요즘으로 말하자면 화물운송조합) 옆 골목에 있던 하숙집에서 시작하여 나는 북옥동 둑 아랫집, 채운동 할머니 집, 옥녀봉 밑 동흥동의 하숙집, 황산동 돌산 남쪽, 남교동 파출소 앞, 중앙동 성당 앞 등의 하숙집을 전전하며 체취를 흘렸다.

그러나 많은 이야깃거리를 가진 집은 황산동과 남교동의 하숙집이다. 황산동은 우리 담임선생님의 소개로 하숙집을 정했는데 아주머니가 어찌나 상냥하고 깔끔한지 저녁마다 물을 데워 놓고 하숙생을 하나씩 불러내서 발을 씻게 하셨다. 이때 몸에 밴 버릇으로 지금도 매일 얼굴보다 발을 더 열심히 닦는다. 그 집은 일본 집이어서 유리창이 많았다. 잠을 자려고 누워 있다가 문득 창밖을 보면 함박눈이 쏟아져 가로등 불빛에 부나비가 날아드는 것 같았다. 그러면 우리 하숙생들은 일어나 다시 옷을 입고 마차조합이 있는 데까지 눈발이 퍼붓는 강둑을 달려간다. 거기에는 밤늦게까지 영업을 하는 호떡집이 있었다. 우리는 눈발 속에 호떡을 하나씩 입에 물고 다시 달려서 하숙집으로 돌아온다. 아, 지금도 그 눈발과 호떡 맛을 잊을 수가 없다.

또 남교동파출소 앞의 일본 집에서의 하숙 생활도 잊을 수 없다. 젊은 부부와 아들 셋이 살던 집이었다. 하숙생을 들인 목적이 경제적으로 도움을 얻기 위해서가 아니라 우리가 공부하는 것을 보고 아이들이 본받게 하고자 해서였다. 그래서 '착하고 공부 열심히 하는 학생'으로 뽑혀 들어간 우리를 주인아주머니는 시동생처럼 대접했다. 깨끗한 환경, 좋은 반찬, 철에 따른 과일 등 그 집에서의 하숙 생활은 정말 극진한 대우를 받았다. 유도가 4단이라는 무술 경관 아저씨와 단아했던 아주머니는 이제 노인이 되었을 것이고, 천방지축이었던 그 아이들은 중년의 어른이 되었을 것이다.

∴ 젓갈만큼 맛난 강경의 음식 맛 ∵

지금 강경은 젓갈로 명성을 떨치고 있지만 강경의 음식 맛은 자랑할 만하였다. 법원과 검찰청, 경찰서, 세무서와 농촌진흥공사 등 많은 권력 기관이 있던 곳이어서 강경에는 1970년대 초까지만 해도 요정이 여러 군데 영업을 하고 있었다. 그렇게 고급스런 음식점이 많았던 곳이다. 그러나 그런 고급 음식점의 맛은 다른 곳과 별반 다를 것이 없었을 것이다. 아무래도 강경을 대표했던 맛집은 황산옥과 중앙옥이라고 생각한다.

강가에 있던 황산옥의 음식 맛은 많은 사람들을 사로잡았다. 황산옥의 명성은 전국적이었다. 어부의 집처럼 허술한 방에서 토속적인 냄새가 물씬 풍기는 쏘가리탕이나 우어회를 먹는 맛은 견줄 데가 없었다. 특히 문간의 작은 쪽방에서 바라보는 석양은 정말 아름다워서 그것을 본 사람들은 오래도록 못 잊어 했다.

그 쪽방에서 나를 찾아온 나태주 시인과 장어구이에 막걸리를 마시며 시와 인생을 이야기했던 날이 있었다. 나도 젊었고, 나 시인도 젊었다. 나 시인은 자신이 사랑하는 여인에 얽힌 사랑의 기쁨과 고뇌에 대하여 많은 이야기를 했다. 시나브로 마신 술의 취기로 붉어진 얼굴이 눈부시게 달아오른 석양빛으로 더욱 붉어졌다. 젊은 시절에 겪었던 일치고 아름답지 않은 것이 무에 있으리요마는 그때의 맛과 분위기를 지금껏 잊지 못하고 있다. 과거로 돌아갈 수만 있다면 한 번쯤 다시 가고 싶은 시간이다.

또 윗장터에 있던 중앙옥의 음식 맛도 명성을 날렸다. 소갈비의 맛도 좋았고, 아주 푸근해 보이는 안주인이 무쳐 주는 홍어회는 특히 일품이었다. 사람들이 많이 모이는 장날이 아니더라도 중앙옥은 손님들로 늘 북적댔다. 강경은 화교華僑 학교가 있을 만큼 중국 사람들이 많이 살아서 중국 음식점이 여럿 있었는데, 강경역전의 아강춘, 윗장터의 회빈루 등이 명성을 떨쳤다.

∴ 옥녀봉과 채운산의 기억들 ∵

강경중학교 교가는 '채운산 정기 받아'로 시작한다. 나는 교가를 부르면서도 채운산이 어디 있는지 몰랐고, 상당히 높은 산일 것이라고 생각했다. 그러나 막상 채운산을 보고 나서 나는 실망하지 않을 수 없었다. 그것은 산이라기보다 차라리 높은 언덕에 불과했다. 우리 동네에 있는 정토산이나 비나봉에 비하면 산이랄 것도 없었지만, 드넓은 평야지대인 강경에서는 분명 높은 산이었다.

봄이면 채운산은 인근 각지에서 봄놀이를 온 사람들로 붐볐다. 채운산의 매력이랄까 묘미를 내가 알게 된 것은 채운산을 여러 번 오르고 난 뒤였다. 채운산은 우리 동네의 높은 산들과는 달리 사람들과 가까운 산이었다. 우리 동네의 높은 산들이 멀리서 바라보는 산이라면, 채운산은 사람들이 살을 부비고 사는 산, 사람 냄새가 짙게 배어 있는 산이다. 그것이 채운산의 매력이며, 강경 사람들이 채운산을 좋아하는 까닭이었다.

내가 강경에서 학교를 다니던 1960년대에는 시간이 나면 경치가 좋은 곳을 찾아가 사진을 찍는 것이 멋스러운 소일거리 중의 하나였다. 내가 중학교에 다닐 때의 하숙집 큰딸인 영주는 착하고 예쁜 초등학생이었다. 나는 그 아이에게 상당한 호감을 가지고 있었다. 영주가 아직 어려서 내 마음을 표현할 수는 없었지만, 지금같이 크면 나중에 나랑 사귀면 좋겠다는 생각을 한 적도 있다. 어느 일요일 우리 하숙생들은 다 같이 옥녀봉으로 사진을 찍으러 갔다. 나는 물론 영주의 옆자리를 차지하여 사진을 찍었다.

하늘에서 내려온 '옥녀玉女'라는 선녀에 얽힌 아름답고도 애절한 전설을 간직하고 있는 옥녀봉. 사진을 찍는 장소로는 돌산(채석장이 있던 바위산)이나 황산나루도 선호하였지만, 옥녀봉에 비할 수는 없었다. 강경 사람치고 옥녀봉에서 사진을 찍지 않은 사람이 없을 것이다. 옥녀봉에서 내려다보이는 강 건너의 세도(부여군 세도면) 들판도 배경으로 좋았지만, 나무에 올라가거나 기대어 찍는 사진도 멋스러웠다.

옥녀봉은 그 정상에 아름드리 고목 몇 그루를 길러 여름에는 짙은 그늘을 드리웠고, 사람들은 그 그늘을 찾아 더위를 피했다. 더위를 피하기 위해서가 아니더라도 강경 사람들은 옥녀봉에 오르기를 좋아했다. 옥녀봉에 오르면 느린 몸짓으로 흐르는 금강의 유연悠然함과 멀리 한눈에 들어오는 세도 벌판의 광활廣闊함을 만끽할 수 있었기 때문일 것이다.

∴ 나루를 오가던 장배들, 그리고 황산나루 ∵

내가 고등학교에 다닐 때에 반조원리에 사는 친구네 집에 갔었다. 고요한 느낌을 주는 시골 동네였다. 다음 날 새벽 강가에 나갔더니 강은 얼어붙어 있었다. 맑은 물이 흐르는 강은 겨울이어선지 유리창 너머로 풍경을 보듯 얼음 밑의 강 속이 훤히 들여다보였다. 나루에는 발이 묶인 배가 몇 척 추위에 몸을 웅크리고 있었다.

반조원般皂院, 백제가 멸망할 때 당나라 소정방이 가림성(부여군 임천면

성흥산)으로 진격하면서 휘하의 군사들이 집합한 자리에서 당나라 고종이 백제 정벌을 명하는 조서詔書를 낭독한 곳이라 해서 생긴 지명이다. 수로를 이용하여 통행하던 때는 나루에 세도면사무소와 경찰지서가 있을 정도로 반조원나루는 큰 나루터였다. 강경장날이 되면 부여군 석성면의 봉정나루, 세도면의 반조원나루, 성동면의 불암나루 등 금강 연안의 나루마다 장배(장을 보러 가기 위한 배)를 띄워 장꾼들을 태우고 물건을 싣고 장에 갔다. 금강은 장날마다 장에 가는 장배와 장꾼들로 가득 찼다.

반조원의 겨울 강, 나는 그날의 맑고 투명한 인상을 잊을 수가 없었다. 그래서 얼마 전에 다시 반조원을 찾았다. 반조원까지를 물이 맑아서 '백마강'이라 한다는데, 스무 살 처녀의 살결처럼 맑고 빛나던 모습은 사라지고 노인의 피부처럼 주름지고 혼탁해져 있었다. 몇 대째 이 마을에서 살고 있다는 한 할아버지는 젊었을 적에는 물이 맑아서 여름에 배를 타고 가다가 목이 마르면 손으로 강물을 쥐어 먹었다고 한다. 조수물이 빠진 조금 때에 강물을 떠다가 장을 담그면 장맛이 좋았다고도 한다. 그러던 것이, 금강 하구둑을 막고부터 강물이 흐려지기 시작했다며 아쉬워했다.

금강변의 여러 나루 가운데 가장 큰 곳은 황산나루이다. 건너편 부여군 사람들이 부르는 이름은 세도나루, 강경에서 세도를 거쳐 부여와 한산으로 이어 주는 나루이다. 사람들이 많이 왕래하는 장날이 아니더라도 황산나루는 늘 사람들로 붐볐다. 세도나루를 출발한 배가 강

건너 황산나루에 도착하기 전에 나루를 건너려는 사람들이 그 배가 돌아오기를 기다리고 있었다. 장날이면 나루를 건넌 장꾼들이 길게 줄을 지어 장으로 향했다.

황산나루는 사람만 실어 나른 게 아니라 숱한 사연도 실어 날랐다. 어떤 사람은 큰 꿈을 품고 이 나루를 건너 대처로 갔고, 또 어떤 사람은 실패하여 이 나루를 건너 고향으로 되돌아왔다. '젊어 죽은 홍래 누이 생각도 난다'라는 박용래의 시 「오동꽃」에 등장하는 '홍래 누이'도 이 황산나루를 건너 시집을 갔다.

홍래 누이를 그리던 박용래 시인이 오래전에 세상을 떴고, 나루 옆으로 다리가 놓여 황산나루 또한 흔적도 없이 사라졌다. 부귀와 영화도 덧없다는 듯이, 황산대교 밑으로 오늘도 금강은 유유히 흐르고 있다.

길을 잃으면서 마음은 작아졌다

엊그제 설이 지나고 보름도 지났다. 예전에 비해 참 잘 살고 있는데도 어째 세상 사는 재미가 옛날 같지 않다. 세상 사는 재미가 별로 없다. 어린 시절과 비교하면, 큰 집에서 물질적으로 풍족하게 사는데도 세상은 쓸쓸하다. 예전에는 그래도 사는 재미가 있었는데 왜 그런지 세상 모든 일이 시들하다.

많은 것을 얻은 것 같지만, 사실은 나는 너무 많은 것을 잃은 것 같다. 무엇인가를 얻으려고 허둥댔지만, 없어도 될 것을 구하느라 정작 소중히 간직했어야 하는 것을 잃어버린 것 같다.

어려서부터 오랫동안 걸어서 다녔다. 초등학교 시절에도 오 리 길을 걸어서 다녔으니 어린아이에게는 만만치 않은 거리였다. 그러나 친구들과 어울려 오가는 길은 낭만이 있었다. 길가에 나 있는 풀꽃들에게 눈길을 줄 수 있었고, 그들의 작은 변화를 보면서 놀라워하였다. 가끔씩 남의 밭에서 고구마나 무를 뽑아 먹기도 했다. 그러나 그것은 양심의 가책을 받을 만한 일도 아니었고, 크게 흉이 되지도 않았다. 그렇게 여유와 인정이 있던 시절에 내가 다니는 길들은 나의 길이었다. 그 모든 길들이 나의 체취가 스미어 있고, 오랫동안 나의 눈길이 머물렀던 나의 길이었다.

고등학생이 되어서 나는 자전거를 타고 학교에 다녔다. 동네에 자전거가 몇 대 되지 않던 시절이라 자전거는 나에게 아주 소중한 재산이었다. 자전거 바퀴에 흙이 조금만 묻어도 정성스레 닦아 다시 번쩍번쩍 광光이 나게 하였다. 시내에 급한 볼일이 있는 사람들은 자전거를 빌리러 오기도 했다. 걸어 다니던 길을 자전거를 타고 달리는 쾌감은 상당한 것이었다. 그러나 걸어서 다니던 어떤 길은 자전거를 타고서는 가기가 어려워서 나로부터 멀어지는 길이 생기기 시작했다.

취직을 하고 결혼을 하여 어른이 되었다. 생활이 조금씩 바빠지기 시작했다. 먼 길을 가깝게 하려고 오토바이를 샀다. 자전거로는 힘겨웠던 오르막길이 힘들지 않았고, 길을 오가는 시간도 많이 줄었다. 가까운 길보다도 평탄한 길을 택해서 가게 되었다. 걸어서 다닐 때에는 가리지 않던 논두렁 밭두렁 길이 내게서 멀어졌다. 가지 못하는 길이 생기기 시작했고, 내가 다니는 길에 대해서도 점점 무관심해졌다. 길은 빨리 갈 수 있었지만, 나는 많은 길을 잃어야만 했다.

나이가 들어 중년이 되었다. 경제적으로 여유가 생긴 만큼 여기저기에 많은 시간이 필요해졌다. 자동차를 샀다. 오랜 시간이 걸려야 가던 길을 짧은 시간에 갈 수 있어서 거리가 단축되었다. 비가 와도 눈보라가 쳐도 걱정될 것이 없었다. 밤에도 먼 길을 마음 놓고 갈 수 있었고, 멀어서 가지 못하던 곳을 쉽게 갈 수도 있게 되었다. 그러나 내가 다닐 수 있는 길은 아주 적어졌다. 갈 수 있는 길보다도 가지 못하는 길이 더욱 많아졌다.

가지 않아도 되었던 곳을 가기도 하고, 일부러 일을 만들어 먼 곳을 가기도 했다. 진수성찬이 마련되어 있어도 가지 않던 몇 십리 길을 간단한 점심을 먹기 위해 가는 일이 생겼다. 예전에는 당일치기로 서울에 다녀오기가 어려웠는데, 저녁 무렵에도 서울을 향해 길을 떠나는 일이 잦아졌다. 예전에는 가기 어려웠던 먼 길, 가지 않아도 되었던 먼 길을 가야만 하게 되었다.

자동차가 거리를 단축시켜 주었는데, 나는 전보다 더 바빠졌고 시간에 쫓기게 되었다. 짧은 시간에 먼 길을 갈 수 있게 된 것이 오히려 나에게 굴레가 되었다. 그리고 무엇보다도 중요한 것은 내가 매일 다니던 길에서 내 체취가 사라져 버린 것이다. 십 년을 다녀도, 아니 그보다 더 오래 다니는 길도 사실은 내가 다니는 길이 아닌 것이다. 매일 다니는 길가에 어떤 꽃이 피었는지, 그 길에서는 무슨 냄새가 나는

지를 모른다. 그런 길을 어찌 내가 매일 다니는 길이라고 할 수 있겠는가.

이 세상에서 나의 길은 아주 적어졌다. 우리 집에서 가까운 골목길이나 남새밭을 가는 길 정도가 온전한 나의 길이라고 할 수 있다. 아침저녁으로 드나드는 동네의 낯익었던 길들도 이젠 점점 낯설어진다. 그렇게 길을 잃으면서 나의 눈은 어두워졌고, 나의 마음은 작아져 버렸다.

마
산
장
날

오일장은 신명 나는 축제였다. 이런 날에 그냥 집에 앉았으면 좀이 쑤신다. 굳이 장에 갈 필요가 없는 사람이더라도 마침내 장꾼의 뒤를 따르기 마련이다.

장에 가면 이 사람 저 사람 아는 사람을 만난다. 반갑게 안부를 묻고 나서는 으레 누가 먼저랄 것도 없이 서로 옷소매를 끌어당긴다. 장바닥에 솥을 걸고 국물을 펄펄 끓이는 간이 주막. 그러면 여기서 한 잔, 저기서 한 잔, 권커니 잣거니 술판이 벌어진다. 술 인심처럼 후한 게 없다. 서로 지나가는 사람을 불러들인다. 반가워서 한 잔 사고, 얻어먹었으니 한 잔 산다. 시작이 잘못이지, 술판은 일단 벌어지고 나면 끝을 보기 어렵다. 이런 맛에 장날을 기다린다. 술기운에 호기롭게 술을 자꾸 시키고, 장에서 사려고 했던 물건은 잊어버리고 술에 취해 빈손으로 집을 향한다. 더러는 길가에 쓰러져 눕는 사람도 있었다.

장날이 되면 아이들 또한 신이 난다. 어머니는 장에서 새 신발을 사 오고, 주전부리도 사 온다. 부모를 따라 장에 가면 재수 좋은 날은 짜장면이나 국밥을 얻어먹는 횡재를 할 수도 있다.

우리 마을에서 오 리 길인 마산(논산시 구자곡면 마산리)에는 4일과 9일에 장이 섰다. 학교와 면사무소, 경찰지서가 있던 마산은 육군훈련소 바람에 상당히 번창했던 곳이다. 병원과 약방, 사진관에 당구장도 있었다. 마산에는 장날이 아니더라도 고깃간이며 옷가게가 있었다. 그렇게 마산은 큰 동네였고, 제법 상권이 형성된 곳이었다.

그래서 장날이면 무거운 짐을 진 남정네들과 고개가 꺾일 듯 머리에 무겁게 짐을 인 아낙네들이 줄을 지어 마산장으로 갔다. 구자곡면 사람들만 오는 것이 아니라, 이웃인 가야곡면과 높은 고개를 넘어 전북 화산면 사람들도 왔다. 그곳 사람들은 장날이 되면 고개를 넘어 십오 리나 됨직한 길을 걸어 장에 왔다. 그들이 마산장을 가려면 우리 동네를 지나야 했다. 그 사람들은, 우리 동네 사람들이 시원찮은 사람을 '재 너머 사람'이라고 부를 정도로 순진했다. 그들이 장을 보고 돌아갈 때에는 주머니에 돈푼이나 있기 마련이어서 불량기가 있는 동네 청년들은 만만해 뵈는 사람들을 붙잡고 시비를 걸곤 했다. 그러면 술을 사

주기도 하고, 장에서 산 물건을 나누어 주기도 했던가 보다.

근면 성실했던 우리 부모님은 꼭 볼일이 아니면 그냥 장에 가시는 법이 없었다. 아버지는 술을 안 잡수셨고, 농사일이 바빠서 그럴 틈이 없었다. 어머니 또한 농사일이 손에 설어 많은 일을 하지는 않았지만 집에서 벗어날 여유가 없었다. 우리 집에서는 장에 가는 일을 거의 어머니가 도맡아 하셨다. 어쩌다 장에서 어머니를 만나는 일이 있기는 하였으나 허투루 무엇을 사 준다거나 하는 일은 없었다.

그러나 장에 오셨던 어머니는 학교에 꼭 들렀다 가셨다. 나의 초등학교 2학년 담임이셨던 이상문 선생님은 어머니가 오시면 자리를 슬쩍 비켜 주셨다고 한다. 그러면 어머니는 담배 한 갑을 책상 서랍에 넣어 두곤 하셨다고 한다. 담배를 주려거니 안 받으려거니 하는 민망함을 없게 하기 위한 배려였다.

농촌에서 사는 우리 조무래기들에게는 여름이면 냇가가 놀이터였고, 가을부터 봄까지는 앞산이 놀이터였다. 동네 가운데를 지나는 냇물은 참 좋은 놀이터였다. 우리는 냇물이 적을 때는 냇가에서 샘을 파고, 물이 많으면 작은 보洑를 막아 수영장을 만들어 헤엄을 쳤다. 또 앞산은 봄이면 도라지 같은 것이 있어서 입맛을 다시게 했고, 가을에는 개금이며 명감(망개나무 열매를 우리 지방에서는 그렇게 불렀다), 머루 같은 온갖 먹을거리가 있었고, 겨울에는 한 번도 잡지 못했지만 토끼를 잡는 사냥터였다.

어느 날인가 설날이 가까운 때였다. 나는 여느 때처럼 동네 친구들과 함께 앞산 높은 봉우리에 올랐다. 동네 곳곳에서 저녁연기가 피어오르고 있었다. 저 멀리서 주춤주춤 어둠이 발을 내딛고 있었다. 내 시선은 우리 집 마당에 집중하고 있었다. 마당에 어머니가 나타나기를 기다리고 있었다. 지루하게 시간이 흘렀다. 얼마가 지났을까. 좀처럼 보이지 않던 어머니가 드디어 내 시야에 들어왔다. 나는 친구들을 남겨 둔 채로 마구 달려 집으로 돌아왔다. 어머니는 설에 신을 내 운동화를 사러 장에 가셨기 때문이다. 정말 어머니는 검정 운동화를 사 오신 것이다. 오십 년이 족히 흐른 지금도 나는 그 감격을 잊지 못한다.

우시장이 설 정도로 한때 크게 번성했던 마산장은 세월이 흐르면서 상권이 점점 위축되더니 마침내 장이 없어졌다. 얼마 동안 장터에 쓸쓸하게 장옥場屋들이 늘어서 있더니 하나씩 뜯기기 시작했다. 그리고 그곳은 이내 밭으로 변하고 말았다. 그런데도 한동안은 장터라고 불렸지만, 지금은 아무도 그곳을 마산장터라고 부르지 않는다.
문명은 사람들에게서 신명을 앗아 간다. 그렇게 우리들을 신명나게 했던 마산장도 세월이 앗아 가 버렸다.

내 마음의 고향 강경

나는 논산에서 태어나 초·중·고등학교를 논산에서 나왔다. 잠깐씩 논산을 떠나서 산 적도 있지만 내 삶의 뿌리는 늘 논산에 있었다. 젊은 시절 논산에 직장을 얻어 정년을 맞았고, 그 뒤로도 논산을 떠나지 못하고 있다. 그래서 바깥 사람들은 나를 논산 사람이라고 한다. 그러니 지역에 대한 골품骨品 제도가 있다면 나는 성골은 아니더라도 진골쯤은 되지 않을까 생각한다.

논산을 문화의 불모지라고 말하던 시절, 나는 문학에 뜻이 있는 사람들을 모아 '놀뫼문학회'를 결성하고, 시 낭송회니 독서 강좌니 하는 문학 관련 행사를 주관했었다. 문학의 힘으로 우리 논산을 윤택하고 향기로운 곳으로 만들고 싶었다. 내 인생에서 가장 신바람이 나던 시절이었다.

내 딴에는 논산에 대한 애정이 상당하다고 생각하고 살았지만, 사실 나는 논산에 대해서 많은 것을 알고 있지 못한 것 같다. 그러나 나는 어떤 것에 대한 지식도 중요하지만 그보다도 마음이 더 소중하다는 생각이다. 물론 사랑하면 더 많은 것을 알게 될 것이다. 그러나 어떤 어머니가 아들 이름을 쓰지 못한다 하여 아들을 사랑하지 않는다고 말할 수는 없을 것이다. 나는 이러한 어머니의 마음으로 곳곳에 배어 있는 향기와 따스한 온기를 느껴 보고자 한다.

∴ **내 마음의 고향** ∵

나의 고향은 강경이다. 옥녀봉 밑 동네, 볕이 잘 드는 작은 집 마루에 앉아서도 강경이 한눈에 들어오는 곳. 해질녘이면 가끔씩 어디선가 풍금 소리가 들렸다. 풍금 소리인지 피아노 소리인지도 분간이 서지 않는 선율, 희고 가늘어서 더욱 길어 보이는 손가락의 갈래머리 소녀, 얼굴은 보이지 않고 흰 블라우스의 등만 보인다. 나는 걸음을 멈추어 서서 귀를 기울인다. 골목 어귀에 들어선 어둠이 나를 둘러싼다. 이것은 내가 '고향'이라는 말을 들을 때에 떠오르는 생각이다. 나의 실제 고향은 연무인데, 얼마 전까지만 해도 나는 '고향'이라는 말을 들으면 강경이 떠올랐다. 강경은 오랫동안 내 마음의 고향이었다.

강경중학교에 입학을 하고 기차 통학을 했다. 어둑어둑한 새벽길을 걸어 연무대역까지 가는 길은 십 리가 넘는 멀고도 추운 길이었다. 연무대에서 채운역을 거쳐 강경까지 가는 강경선. 증기기관차에 여객 칸 3량과 화물칸 1량을 이은 미니 기차. 화물칸은 늘 비어 있었지만, 늙은 기관차는 그것도 힘이 부쳤다. 경사가 심한 곳에 이르러서는 벅찬 숨을 고르느라 한참씩 멈칫거렸다. 기관차 옆을 지나노라면 기관 汽罐에서 내뿜는 수증기가 안개처럼 쏟아져 내리고, 기관차 연료인 석탄 가루가 뺨을 때렸다.

여객 칸은 통학생들이 나누어 차지했다. 강경상고, 강경중학, 그리고 한 칸은 강경여중고 학생들의 몫. 이 규칙은 철저하게 지켜졌지만, 가끔은 넉살 좋은 남학생들이 여학생 칸을 드나들기도 했다. 일반인 승객은 자유로이 탑승했는데, 승객의 다수가 강경에서 생선과 젓갈을 사다가 가가호호 방문 판매를 하는 행상들이었다. 그 여인네들은 큰 양은 다라를 이고 다녔다. 이들은 13원이었던 기찻삯을 아끼려고 10원씩을 거두어서 차장에게 건네기도 했다. 그들에게 그때 돈 3원은 큰돈이었을 것이라 그를 아끼려는 마음을 이해하여 부정된 짓이라고 탓하는 일은 없었다.

강경역에는 증기기관차에 물을 공급하는, 첨성대를 연상케 하는 급수탑이 있었다. 연산에서 기관에 물을 채운 기차는 강경쯤에 오면 목이 말랐을 것이다. 강경에서 목을 축이면 이리(익산)까지 내달려야 한다. 연산역의 기차 급수탑은 아직도 남아 문화재가 되었는데, 아쉽게도 강경역의 급수탑은 철거되었다. 그뿐 아니라 강경상고 옆의 철교도 존폐를 두고 설왕설래하였으나 끝내 철거되는 비운을 맞고 말았다.

강경역에 내리면 역전은 언제나 사람들로 들끓었고, 역에서 사거리로 가는 길은 사람들로 붐볐다. 역전에는 음식점들이 즐비했다. 자욱하게 김을 내뿜으며 펄펄 끓던 국수집에서 풍겨 오던 맛있는 냄새가 걸음을 멈추게 했다. 또 분주하게 오가는 사람들은 솟구치는 수증기로 하여 걸음에 더 힘이 들어갔다.

길게 이어진 시가지, 큰길을 가득 메운 사람들, 강둑 너머로 오가던 범선의 황포돛대, 곳곳의 지붕이 뾰족한 일본식 집들. 나에게 강경은 그때까지 보지 못했던 신천지였다.

∴ 옥녀봉에서 바라보는 금강의 아름다움 ∵

중학교 1학년인 내가 처음 하숙을 했던 염천동의 좁은 골목길은 미로였다. 골목을 걷다가 아차 하면 남의 집 안마당에 들어섰다. 올망졸망 지붕을 맞대고 혹은 벽을 사이에 두고 들어서서 가난하고 힘겨운 삶을 사는 사람들의 안식처가 되었던 집들. 그 집에 살던 사람들은 차츰 어디론가 떠나고, 사람이 떠나니 그들이 살던 집도 사라졌다. 그리고 그 자리에는 그 집보다 몇 배나 큰 집들이 들어섰으나 가족의 체온이 없는 집은 집이 아니다. 다만 하나의 건축물에 불과할 뿐이다.

황산초등학교에서 다리를 건넌 오거리에는 마차조합이 있었다. 오늘날로 말하자면 화물차조합. 사람도 말도 하염없이 누가 불러 줄 때를 기다리고 있었다. 강에는 삐뚤빼뚤 어선들이 말뚝에 묶여 있고, 멀리서 노래 소리인지 장구 소리인지 모를 가락이 들렸다. 옥녀봉 서편 비탈에는 뱃사람을 상대하는 유흥가가 조성되어 있어, '세편 간다'라는 말은 유흥가를 찾아간다는 뜻이었다.

뱃사람과 상인들, 어물을 사러 오는 사람들로 북적대던 부두에는 별도의 파출소가 있었다. 강경에 있는 파출소는 역전과 부두, 그리고 남교동의 세 곳. 장날은 위 장터와 아래 장터로 품목을 나누어 전廛을 벌였지만, 황산나루를 건너온 부여·서천 사람들, 익산 등지의 사람들로 붐빈 길은 서로 어깨가 부딪혔다.

옥녀봉은 그때나 지금이나 강경의 대표적 상징이다. 그러나 그 정취는 매우 다르다. 옥녀봉은 맨 꼭대기에는 봉수대가 섰고, 그 아래에 줄지어 서 있는 비석들은 부동자세를 취하고 사열을 기다리는 병정 같다. 자연의 순수미는 많이 탈색했지만 아직도 옥녀봉은 참으로 아름답다. 예전부터 옥녀봉은 강경의 명소였다. 제 몸의 무게를 감당하지 못하여 반쯤 누워 있는 몇 아름이나 되는 거목에 기대서서 혹은 그 가지에 올라가서 사진을 찍는 것은 참으로 멋스런 일이었다.

또 옥녀봉에서 바라보면 세도 벌판을 배경으로 석양에 붉게 물든 금강은 눈이 부시게, 눈물이 나게 아름답다. 장날에는 그 강물에 띄운 장배를 타고 장꾼들이 몰려들던 핏줄이었다. 금강은 아픈 상처도 안고 있다. 저 강을 길로 삼아 소정방이 이끈 당나라 군대는 백제의 심장 부여로 진격했다. 소정방이 당 태종의 조서를 낭독했대서 붙여진 이름이 세도면의 반조원.

옥녀봉의 다른 이름은 강경산. 한국 최초의 침례교 예배지인 옥녀봉, 일제는 기역자 교회를 빼앗아 시가지가 한눈에 내려다보이는 곳에 신사를 세웠다. 거기 옥녀봉에서 나라의 독립을 찾기 위하여, 천안 아우내장터보다 앞선 1919년 3월 10일에 만세를 불러 500명이 넘는 사람들이 참여하였다. 이렇게 큰 규모로 만세를 부른 것은 충청도에서 처음이라는데 만세운동기념비 하나만 세우고 말아서 아쉽다.

∴ 근대 문화유산의 보고 – 강경 ∵

오늘날 강경은 예전에 비해 활력이 떨어졌다. 그 전성기에 이백여 척의 배가 정박했던 포구는 자취도 없고, 얼마 전에는 어촌계마저 없어졌다. 그렇게 컸던 강경장은 이제 아래 장터에서만 장이 선다.

그러나 강경은 보물창고다. 작은 읍으로서 강경만큼 많은 보물을 가진 곳이 없다. 강경은 거리마다 역사가 있고, 골목마다 인정과 향기가 스며 있다. 그 보물들을 어떻게 활용할 것인가가 강경이 활력을 찾는 길이 될 것이다. 물론 전국 최대의 젓갈 집산지로서의 위상도 우뚝하다. 강경이 문화유산을 잘 활용하는 일이 젓갈뿐 아니라 새로운 산업을 육성하여 강경의 옛 명성을 되찾는 길이 될 것이다. 강경에 다시 활력이 넘치는 날을 기다린다.

강
경
의

겉
과

속

∴ 역사와 문화를 지키는 도시 ∵

아무래도 강경에 대한 글을 한 편 더 써야겠다. 지난번에 강경에 대한
글을 쓰고 나서 써야 할 이야기, 쓰고 싶었던 이야기들이 많이 빠졌다
는 생각을 지울 수가 없었다. 그래서 오래 생각했지만 결론을 내지 못
하고 있었다.

그런데 이런 망설임에 대한 종지부를 찍게 된 것은 다름 아닌, 지난
현충일에 강경에서 가진 순국선열추모식에 참석한 일이었다. 채운산
에서 있었던 행사는 나름 준비를 했지만 조촐했다. 강경에 살지만 강
경읍을 벗어나서 논산시의 주요 인사로 살고 있는 사람들은 논산에서

열리는 추모 행사에 참석하고, 순전히 강경 사람으로 살고 있는 사람들이 모였다는 생각을 했다.

이 행사는 채운산에 서 있는 '순국지사 충혼탑'에 이름을 새긴 서른여덟 분의 넋을 기리는 행사였다. 이 서른여덟 분은 한국전쟁 때에, 그야말로 백척간두百尺竿頭에 선 나라를 구하려다 하나뿐인 목숨을 바치신 분들이다. 한번 끊기면 영원히 이어지지 않는 생명을 이 나라와 민족을 위해 아낌없이 바치신 분들이다. 참으로 거룩하고 숭고한 일이다.

나는 현충일을 맞을 때마다 모윤숙 시인의 「국군은 죽어서 말한다」를 상기했다. 재직 시에는 수업 시간에, 또 어떤 때는 학교 방송을 통하여 학생들에게 들려주었다.

'산 옆 외따른 골짜기에 / 혼자 누워 있는 국군을 본다. / 아무 말, 아무 움직임 없이 / 하늘을 향해 눈을 감은 국군을 본다. // 누른 유니폼 햇빛에 반짝이는 어깨의 표지 / 그대는 자랑스런 대한민국의 소위였고나. / 가슴에선 아직도 더운 피가 뿜어 나온다. // 장미 냄새보다 더 짙은 피의 향기여! / 엎드려 그 젊은 주검을 통곡하며 / 나는 듣노라! 그대가 주고 간 마지막 말을 // 나는 죽었노라, 스물다섯 젊은 나이에 / 대한민국의 아들로 나는 숨을 마치었노라. / 질식하는 구름과 바람이 미쳐 날뛰는 조국의 / 산맥을 지키다가 / 드디어 드디어 나는 숨지었노라.'(이하 생략)

이 시를 읽으면 그야말로 모골毛骨이 송연悚然해진다. '나는 무언가? 이렇게 편히 사는 나는 나라를 위해 무슨 도움 될 일을 했는가.'를 생각하며 부끄러움을 진하게 느낀다.

강경에 한완봉이라는 소년이 있었다. 그는 열네 살 어린 나이였지만, 적으로부터 나라를 지키려다 아까운 목숨을 잃었다. 그래서 금강 둔치 풀밭에 묻혀 있었는데, 훗날 이를 안타까이 여긴, 뜻있는 분들이 채운산으로 이장하였다. 이런 강경 출신 순국지사 서른여덟 분을 추모하기 위하여 강경읍의 유지들이 1975년에 추모비를 세운 것이다.

이런 추모비를 지역 주민들이 세운 것도, 또 그 유족을 모시고 추모 행사를 가지는 것도 강경이 아니고서는 쉽지 않은 일이다. 이번에는 차종준 지사의 아드님인 차흥구 박사가, 백인기 지사의 아드님 백동현 씨가 참석하여 더욱 의미가 있었다.

∴ 강경의 저력을 보여 준 강경역사문화연구원 ∵

강경의 자랑으로 나는 강경역사문화연구원(이하 강경연구원)을 내세우고 싶다. 지역 고유의 역사와 문화를 찾아서 계승하고자 하는 뜻을 가진 사람들이 모여 설립한 강경연구원은 다른 지역에서 찾아보기 어려운 일. 뒤에서 힘을 보태 준 주민들의 정성과 노력, 강경의 저력을 보여 준다.

강경연구원의 설립을 계기로 지역 역사와 문화에 대한 주민들의 관심이 증대되었고, 자긍심은 향상되었다. 근대 유물 전시관을 운영하는 것도 쉽지 않은 일이지만, 그보다도 역사문화학교를 열어 강경읍민뿐만 아니라 논산시민이 지역의 역사와 문화에 대하여 연구하고 참여하는 의식을 가지게 되었다. 역사문화학교는 그간 3기에 걸쳐 200명 이상의 역사문화 지킴이를 배출하였다. 강경은 지금 역사 · 문화적으로 르네상스시대를 맞이하고 있다.

강경연구원이 이러한 성과를 거두기까지 몇 분의 헌신적인 노력이 있었다. 정현수 원장님, 윤석일 기획실장님, 그리고 최고의 강경 역사 연구가로 인정받는 김무길 연구위원 등이 특히 그렇다. 강경을 고향처럼 생각하는 나로서는 감사하기 그지없는 분들이다. 언제가 윤석일 실장님이 정 원장님을 두고, "월급 받아서는 저렇게 못합니다."라고 했다. 밥벌이를 위해서라면 하지 못할 일을 강경에 대한 애정과 열정으로 하고 있다는 칭송이었다. 언제나 세상은 이렇게 애정을 가지고 열정을 쏟는 사람들의 힘으로 발전한다.

∴ 아름다운 사제의 교육도시 ∵

내가 강경상업고등학교 학생이었을 때에, 처음 부임하는 선생님들은 운동장 전체 조회 시간에 부임 인사를 했다. 그 인사의 첫머리는 '역사와 전통에 빛나는 강경상고에 근무하게 된 것을 영광으로~'로 시작했다. 강경면영농업학교가 강경공립상업학교로 개교한 것이 1920년의 일이다. 그러니 1960년대 말로서는 고등학교로 50년의 역사를 가진 학교가 흔치 않았기에 하는 말이었다.

어찌 강경상고뿐인가. 강경에는 오랜 역사를 가진 학교들이 많다. 강
경중앙초등학교는 그보다 먼저인 1902년에 개교하였다. 또 강경여자
고등학교(강경고등학교 전신)는 3년제 실과 여학교로 1936년에 개교하
였는데, 논산공립실수학교(논산농업고등학교, 논산공업고등학교로 교명 변
경)가 개교한 해이다. 쌘뽈여자고등학교의 전신인 해성여자고등학교
와 논산여자고등학교가 1961년이 되어서야 개교한 것과 비교하면 강
경 지역의 교육 기관이 얼마나 앞섰는가를 알 수 있다.

오늘날 국가적 행사로 치르는 스승의 날이 강경여자중고등학교에서
시작되었음은 잘 알고 있는 바이다. 학생들의 아름다운 행동을 보고
스승의 날을 지정해 줄 것을 관계 요로에 건의한 것은 송재 윤훈 선생
이었다고 한다. 그래서 강경고등학교에 스승의 날 기념관이 건립되었
고, 그 교정에는 윤훈 선생의 공적을 기리는 비가 서 있다.

아름다운 사제의 정은 이미 오래 전에, 스승인 사계 김장생 선생과 제
자 우암 송시열 선생이 본을 보이고 있다. 사계 선생이 금강이 내려다
보이는 곳에 임리정을 짓고 강학을 하였는데, 우암 선생이 스승을 흠
모하는 마음으로 그 가까이에 팔괘정을 지었다. 두 건물이 마치 쌍둥
이 건물처럼 닮아 있는 것에서 우암 선생이 얼마나 스승을 본받고자
했는가를 짐작할 수 있다.

∴ 강경에 있는 산들 ∵

강경중학교의 교가는 '채운산 푸른 솔을 바라보면서'로 시작한다. 강

경이 낯선 나는 교가에 나오는 산인 만큼 채운산은 상당한 위용을 자랑하는 산일 것으로 생각했다. 그런데 막상 채운산을 알고 나니, 산골인 우리 동네에서는 산이라는 명칭을 붙이기엔 마땅치 않은 등성이에 불과했다. 강경의 여러 문물에 주눅이 들었던 나는 우리 동네가 산 하나만큼은 강경을 이겼다고 쾌재를 불렀다. 저런 낮은 등성이를 산이랍시고, 더구나 교가에까지 넣다니. 강경 사람들이 좀 쩨쩨해 보이고, 우습기도 했다.

그러나 강경에서 산으로는 채운산이 으뜸이다. 당시의 채운산은 소풍지로서도 각광을 받았다. 봄철이면 산을 가득 채운 행락객들로 붐볐다. 산 구석구석, 음식 보따리를 펴 놓고 목청을 높여 노래를 부르고 춤을 췄다. 흥에 겨운 여인네들은 옷고름이 풀렸는지도, 치마 말기가 흘러내리는지도 몰랐다.

또 하나의 산인 황산은 돌산이라 불렸다. 이름 그대로 돌로 된 산이어서 채석장이 있었다. 정으로 쪼고 망치로 쳐서 돌을 떼어 내느라 언제나 시끄럽고 어수선했다. 산의 가운데 돌을 떼어 내고 그 끝자락이 아직도 남아 있다. 그 엉거주춤하니 서 있는 작은 돌산을 볼 때마다, 엄마를 떼어 놓은 갓난이 같아 애처로워 보인다.

강경의 산들 가운데서 모양새로 따진다면 강경산이 제일이다. 또 다른 이름인 옥녀봉은 논산 팔경의 하나로 꼽힌다. 옥녀봉의 작은 봉우리에 자리하고 있는 송재정松齋亭은 강경읍번영회장으로 강경 발전을 위해 동분서주하다가 출장길에 교통사고로 유명을 달리한 송재 윤훈 선생을 추모하기 위하여 세운 정자이다. 많은 강경 사람들을 하나로 뭉치게 하고, 지금도 그 가슴에 살아 있는 윤훈 선생. 선생의 숭고한 유지는 윤훈 선생 기념사업회(회장 한광수)로 이어지고 있어 어떻게 살아야 값진 인생인가를 생각하게 한다.

강경에 있는 또 하나의 산은 상강경산이다. 우리 동네 같은 산골에서는 산이랄 것도 없는 산, 산이라고 명함을 디밀었다가는 무안을 당하고 말 높이이다. 이 산은 대부분을 강경상고가 차지하고 있는데, 강경상고가 자랑하는 팽나무가 서 있는 곳이 주봉이다.

채운산이 나름대로 위용을 자랑한다면, 황산은 그 몸을 쪼개어 누군가의 돈벌이가 되었고, 강경산은 강경 사람들에게 그 가슴을 풀어 젖을 먹이는 어머니와 같은 산이다.

∴ 600여 명의 거대 조직 강경노동조합 ∵

강경노동조합 총무를 지낸 김용근 옹(1928년생)을 통해서 강경 포구의 옛날에 대해 생생한 증언을 들을 수 있었다. 김 옹은 1954년부터 노동조합에서 일한 것으로 기억했다. 현재의 갑문 부근이 선착장이었는데, 배가 많이 들어오면 소화다리(현 대홍교)를 거쳐서 강경상고 옆에까지 배를 댔다고 한다. 가장 많이 배가 들어왔을 때에는 200척이 넘었다고 한다.

이 무렵에는 노동조합원이 380명가량이었는데 10개 조로 편성하여 일을 했고, 비조합원으로 일하는 일용직까지 합하면 600여 명에 이

르렀다고 한다. 조합원들은 매일 출근하여 대기하고 있는 게 아니라, 평소에는 집에서 일을 하다가 배가 들어오면 조장이 연락을 하여 모였다.

고깃배는 두 종류가 있었다. 하나는 강경에서 출항하여 고기를 잡아오는 배이고, 또 하나는 배에서 고기를 사서 나르는 배이다. 어떤 배들은 바다에 나가서 고기를 잡아 곧장 돌아오는 것이 아니라, 5~6개월씩 바다에 머물면서 고기를 잡았다. 그동안 선원들이 먹는 식품은 객주들이 공급해 주었다.

배가 들어올 때는 포구 가까이에 이르러서 뱃고동을 세 번 울렸다. 배가 도착하면 배와 땅을 연결하는 발판을 놓고, 맨 먼저 배에 오르는 사람은 수예꾼이다. 수예꾼은 각 조에 1명씩이 있었는데, 조기를 세어서 100마리씩 망태기에 담는 일을 맡았다. 다음에는 목도꾼들이 배에 올라 이 망태기를 메고 좁은 널빤지인 발판을 통과해서 뭍으로 옮겼다. 이때부터 일반 조합원들이 달려들어 망태기의 고기를 상자에 담는다.

노동조합은 거대 조직이었기 때문에 그 자체적으로 상여를 가지고 있었다. 상여는 32명이 메는 대상여, 24명이 메는 중상여가 있었다. 아이를 잃었을 때는 네 명이 드는 당가(들것)를 이용했다.

이렇게 많은 사람들이 들끓다 보니 술집도 많았고, 그 술집에는 접대부들도 많았다. 유흥가는 현재의 노동조합 뒤편 공원 일대와 옥녀봉 서편에 자리하고 있었다. 성수기에는 원산에서까지 아가씨들이 몰려

들었다. 이 아가씨들을 두고 뱃사람들끼리 싸움도 벌어졌다고 한다.

∴ 강경의 힘, 강경을 지키는 사람들 ∵

김용근 옹을 만난 것은 뜻밖의 행운이었다. 김 옹은 연산백중놀이 예능 보유자로서 현재 대전에 거주하는데, 강경노동조합에 대한 증언을 듣기 위해서 김무길 선생이 약속을 잡은 것이다. 김 옹은 확실한 증언을 위하여 기억을 더듬어 메모해 와서 정확을 기하려 했다.

며칠 뒤에는 강경 마차조합의 마부였던 박노익(1925년생) 옹을 만나는 자리도 있었다. 이 또한 김무길 선생의 노력에 의하여 성사된 것이다. 정현수 전 강경역사문화원장님과 필자가 동석하여 그동안 알지 못했던 많은 이야기를 들었다. 이 증언들은 다른 지면을 통해서 세상에 전하고자 한다.

내가 김무길 선생을 강경 연구의 최고 권위자라고 공언하는 것은 강경에서 나고 자라서 많은 것을 알고 있기도 하지만, 강경에 대해 더 많은 것을 알고자 하는 노력이 으뜸이라고 생각하기 때문이다. 그동안 묻혀 있었고, 이제는 사람들에게서 잊혀 가는 이야기들은 지금 누군가가 이야기하고, 그것을 기록해 두지 않으면 그냥 소멸해 버리고 말 것이다. 그런데 김무길 선생같이 강경의 역사를 확실하게 보존하려는 사람들이 있어 강경은 다시 살아난다. 또 뒷심이 되어 주는 분들이 있다. 강경역사문화연구원 창립에 나섰던 강중선 전 시의원을 비롯하여 최병길 전 강경번영회장, 황호준 회장, 한병수 전 읍장, 허이

영 회장, 나병국 사장 등이 바로 그들이다. 또 김완중 회장, 박강희 주민자치위원장 등이 힘을 모으고 있어서 강경은 그 자산이 나날이 늘어나고 있다.

이렇게 강경의 역사와 문화를 발굴하고 기록하고 알리는 사람들이 강경의 힘이다. 이 힘으로 강경의 근대 문화는 더 찬란하게 세상에 빛을 발하게 될 것이다.

동화 속의 무지개

내가 태어나 자란 곳은 정토산 아래 동네. 북쪽과 동쪽은 정토산과 그 자락이 감싸고, 남동쪽은 함박봉이 길게 발을 뻗었다. 함박봉 발치의 비나봉이 우리 동네의 앞산이었다. 봄이면 높다란 정토산에 신록이 펼쳐진다. 초록도 열두 가지라고, 새잎이래서 모두가 같은 색이 아니라 나무마다 제각각이다. 그것만으로도 백화난만한 꽃밭이었다. 그러다가 여기에 꽃들이 줄지어 피어나면 정토산은 화려하게 치장한 여인이 되어 그 고상한 자태를 자랑하였다.

∴ 우수憂愁에 찬 미내다리 ∵

예전에 포사격장이기도 했던, 붉은 속살을 드러내 놓은 정토산 중턱은 나무가 없는 황토산이어서 그 이름이 붉당골. 그래서 여름에 소나기라도 한 줄금 쏟아져 내리면 붉당골 황토가 모조리 휩쓸려 내리는 듯 냇물은 진한 황토색으로 변했다. 비가 많이 오는 날 어른들이 "네가 떠내려가면 미내다리에 가서 건져 오마."고 했다.

또 어른들이 아이를 놀릴 때에, "너는 할머니가 강경장에 갔다 오다가 미내다리 밑에서 주워 왔다."라고 했다. 그런데 나중에 가서 보니 미내다리는 물이 흐르지 않는 다리였다. 강경천을 직선으로 정리하면서 미내다리는 물이 없는 다리가 되었다.

물이 흐르지 않는 다리. 다리는 사람들이 물에 젖지 않고 물을 넘어가게 하는 것이 본분이다. 그 밑으로 깊은 물이 세차게 흘러갈수록 다리의 존재는 더욱 빛난다. 다리로서의 기능을 상실해 버린 미내다리는, 오랜 폐업으로 기계에 녹이 슬어 버린 공장처럼 안쓰럽다. 그나마 다행인 것은 문화재가 되어서 사람들이 찾아 주는 것이다. 그러나 그것은 어쩌다 있는 일이요, 기나긴 시간을 홀로 고독에 빠져 있어야 한다.

바로 옆으로 묵묵히 흐르는 강경천의 물살을 보며 얼마나 옛날을 그리워할까. 젖먹이 아이를 누군가에게 빼앗겨 젖이 분 엄마처럼 물살을 안아 보고 싶을 것이다.

∴ 원목다리의 쓸쓸한 일상 ∵

채운에는 또 하나의 유명한 다리가 있다. 바로 미내다리의 아우격인 원목다리. 미내다리보다 규모도 작고, 그 축조 솜씨도 거칠어서 인물이 훤한 형에게 치여 눈에 띄지 않는 동생 같다.

원목다리 역시 다리로서의 기능을 잃기는 미내다리와 마찬가지다. 그 옆으로 물이랄 것도 없는 농수로의 반 흙탕물이 흐르고 갈대에 묻혀 있는 원목다리는 몰골이 볼품사납다. 김동리의 소설 「화랑의 후예」에 나오는 황 진사를 연상케 한다.

이 다리도 미내다리를 건너 한양으로 가는 청운의 선비를 건네주던 다리였다. 그렇지만 미내다리 밑의 물이 더 깊고 물살이 거세어서 그 전성시대에도 덜 중요하게 여겼을 터이다.

그러나 원목이란 말에서 보듯 원목다리는 역원驛院의 목에 있는 다리라는 뜻이다. 그러나 채운에는 역원은 없었고, 점店 주막이 있었을 것이라고 이철성 교수는 추정했다. 한양에서 먼 길을 온 나그네에게는 이 다리를 건너면 점에서 하룻밤을 쉴 수 있는 반가운 이정표였다. 또 전라도에서 한양으로 가는 서생에게는 하룻밤을 편히 보내고 가뿐하게 건너는 다리였다.

지금은 그 흔적도 남아 있지 않지만, 이 다리 부근은 사람들이 모여 살았을 것이다. 주막도 있고, 그 주막에서 얼큰하게 술이 취한 사내들의 목소리가 시끌벅적했을 것이다. 때로는 나이 어린 계집의 앙탈하는 목소리가 창을 넘었을 테고, 가끔은 또 청승맞은 노랫가락도 들렸으리라. 그런 점에서는 원목다리가 미내다리보다 화려한 삶을 살았다.

그러나 지금은 문화재라고는 하지만 찾아오는 사람은 가뭄에 콩 나듯한다. 애초부터 부귀도 영화도 몰랐으면 좋으련만, 베옷 입고 보리밥 먹었으면 좋았을 것을. 원목다리는 까마득히 먼 옛 좋은 시절을 생각할 때마다 홀로 눈물지을 것이다. 나 또한 그런 원목다리 옆에 설 때마다 마음이 울적해진다.

∴ **지평선이 보이는 들판 논산평야** ∵

차를 타고 달리다가 끝이 보이지 않는 너른 들판을 보면 가슴이 탁 트인다. 그 들판에 누렇게 벼가 익어 있으면 배가 불러 온다. 평야는 우리에게 배불리 먹을 수 있는 양식을 담고 있는 곡식 창고이고, 생명의 젖줄이다. 그래서 평야를 보면 마음이 너끈해진다.

　　　　울 밖에서는 말할 것 없고
　　　　문안에 들어서도 느긋한 때가 없다

　　　　화장실에 가도 바닥을 더럽힐까 봐
　　　　오줌발 한번 시원스레 갈기지 못하고
　　　　조심조심, 늘 찔끔거린다
　　　　어쩌다 맨땅에 오줌을 눌 때도

서둘러 일을 마쳐야 한다

논산평야 넓은 들판을 보면
그 가운데 서서 오줌 한번 누고 싶다
누가 볼까 겁낼 것 없이
아무 데나 대고 시원스레 오줌발을 날리고 싶다
고운 아낙네 속살처럼 보들보들한 논바닥에
시원스레 내리꽂히는 힘찬 오줌발,

세상은 이런 재미로 사는 것 아닌가
오늘, 여기 와 나 이제 비로소
어엿한 사내가 된다.

― 나의 시 「논산평야」

끝없는 들판, 저 멀리 아득한 지평선에서 해가 진다. 바라보고 있노라면 막힘이 없는 지평선이 우리의 가슴을 활짝 열어 준다. 평야가 우리에게 주는 것은 양식만이 아니다. 평야는 눈보라에 꽁꽁 언 우리의 몸을 녹여 주는 정서적 온돌방이다.

채운뜰은 논산평야의 중심이다. 내가 초등학교를 다닐 때에 외웠던 전국의 평야 이름에는 논산평야가 없었다. 논산평야는 내포평야라는 이름에 묻혀 있었다. 그렇지만 지금은 논산평야와 예당평야로 나누어 말한다. 논산평야는 남북한 통틀어 여덟 번째로 넓은 평야이다. 예당평야가 이보다 좀 더 넓어서 네 번째이다. 남한에서 네 번째로 넓은 논산평야는 저만의 이름으로 불리지 못하다가 뒤늦게 제 이름을 찾은 것이다.

어쨌거나 논산평야의 중심인 채운뜰은 우리를 먹여 살린 쌀독이었다. 마음이 울적할 때에 채운뜰에 나가 지평선을 바라보면 마음이 활짝 열린다. 채운뜰 저 끝으로 곱게 물들어 오래오래 지는 해를 바라보면 가슴이 따뜻해진다.

∴ 이제는 기억 속에만 존재하는 채운역 ∵

강경에서 연무대로 가는 강경선의 중간역인 채운역. 그 역 주변에는 수로 옆으로 갈대가 우거져 있었다. 강경에서 출발하여 연무대로 오는 기차는 때로 더위 먹은 사내처럼 일어설 줄 모르고 오래 앉아 있곤 했다.

기차 통학생인 아이들은 그 사이 차에서 내려 채운역 주변에 늘어선 갈대를 꺾어 바람개비를 만들어 돌리곤 했다. 거센 파도에 제 갈 길을 바로 가지 못하는 조각배처럼 비틀비틀 돌아가던 갈대 바람개비.

인가가 없는 들판에 홀로 선 채운역은 외딴 섬의 외로운 등대. 마을과 멀리 떨어져 있어 기차를 타는 사람이 아니고서는 다가가지 않았다. 채운면 주민이 많던 시절에는 편의를 위하여 동네 가까운 곳에 간이

역이 생겨 승하차를 하여 외면당하던 슬픈 채운역.
들판 가운데의 채운역은 외딴집 아이처럼 늘 혼자였다.

이웃이 없는
외딴집 아이는
늘 혼자서 논다.
가끔씩 좁은 마당을
서성이는 나비와
낮은 지붕에
내려앉는 작은 새들과
눈을 맞추고
손을 잡아 보지만
아이는 언제나 혼자다.
하루 종일
혼자 노는 아이는
심심해 투정 부리지 않고
외롭다고 울지 않는다.
마을과 멀리 떨어진
구름 속 들판 가운데
외딴 오두막집 아이.
조그맣고 까만 눈동자에

푸른 하늘을 담은 아이.

– 나의 시 「외딴집 아이 – 채운역」

이제 채운역에서 기차를 타고 내리는 사람들은 하나도 없다. 채운역
은 아련한 기억 속에만 존재할 뿐, 현존하지 않는다. 아름다웠던 역
사驛舍도 헐리고 명칭도 역이 아닌 신호소로 바뀌었다.

기차도 쉬지 않고 그냥 바람처럼 스쳐 지나가는 역. 우리의 기억 속에
만 존재하는 표구表具된 허구의 역. 이제 머지않아 우리의 기억에서조
차 사라질, 토끼풀 시계 같은 동화 속의 무지개.

아름다운 오후

———

아침에 일어나 참깨밭에 나갔다.

그 어리고 나약했던 참깨 모종들이 뿌리를 잡아서 잘도 자란다.

마치 살이 포동포동 오른 아이 같다.

그동안의 많은 노력, 보는 기쁨만으로도 그 대가는 충분하다.

이런 맛에 농사를 짓는다.

<u>1</u>

퇴직하니 참 좋다.

상쾌하다.

출근을 하지 않으니 좋다.

퇴직한 효과를 느끼는 아침이다.

느긋하게 일어나 천천히, 모든 것을 느긋하게, 아침을 맞이한다.

정년하면 쓸쓸하다던데 전혀 아니다. 좋다. 얼마나 갈지, 모른다. 석 달은 그렇다지. 나도 그럴까.

아닐 것이다, 스스로에게 좋은 암시를 한다.

<u>2</u>

일주일 전만 해도 지금쯤 회의를 하고 있을 시간이다.

아이들의 장래를 위하여, 학교 발전을 위하여 무슨 일을 하자고 말했겠지. 또는『맹자孟子』나 그 당시에 읽던 책의 내용을 소개하면서 어떻게 아이들을 가르치자고 말하겠지.

퇴직을 하니 남에게 잔소리를 하지 않아서 좋다. 남에게 칭찬을 해야지, 잘못한다고 잔소리하는 걸 누가 좋아하겠는가. 그리고 그 말을 듣고서, 내가 잘못했다고 반성할 위인이 어디 그리 흔한가. 대개는 별걸 다 시비한다는 마음일 것이요, 잘못했다고 시인했다손, 당신이 아무리 잔소리를 해대도 나는 고치지 않는다고 생각하는 사람도 있을 것이다. 하기야 그래 봤자 제가 형편없는 사람이 되고, 제 인생이 구겨지는 것이다. 그런데 그걸 모른다.

나는 잔소리를 좀 많이 했던 것 같다. 평교사일 때, 한때 내 별명이 시어머니였다. 그리고 우리 반이 토요일 종례도 가장 늦게 끝났다. 옆 반 아이들이 창문 밖에서 친구를 기다리고 있기 일쑤였다. 주말을 맞아 고삐가 풀리는 아이들에게 당부하느라 그랬다.

그래서 그런지 나는 한 번도 경찰서나 검찰청에 가서 아이를 잘못 가르친 반성문(담임교사의 학생 지도 책임 각서)을 쓰지 않았다.

<u>3</u>

저녁에 오 지점장을 만나서 식사.

자상한 그는 나뿐만이 아니라 함께 정년한 이 교장과 가까운 친구들
도 초대하여 자리를 풍성하게 했다.

고교 동창생들이야 나의 허물을 크게 탓할 리 없어 고맙게 즐겼다.

2차, 3차, 정 사장과 한 사장이 연이어 자리를 마련, 나이 생각도 잊
은 채 우리는 늦도록 술을 마셨다.

고마운 친구들, 성대한 퇴임 축하연이었다.

대취大醉.

출근할 부담이 없어서인가, 사람들이 좋아서인가. 둘 다겠지.

<u>4</u>

해야 할 일이 없어 좋다.
아침 일찍, 식전食前에 텃밭으로 출근.
나를 환대하는 나의 어린것들과 감격적인 해후를 한다.
텃밭은 나의 천국이다.
언제든지 내가 가고 싶을 때는 1분 안에 갈 수 있고,
거기는 내가 좋아하는 것들이 살고 있다.
그들은 늘 생기가 있고, 나를 반긴다.

해야 할 일이 없어 좋다.
해야 할 일이 있는 것은 사람을 단단하게 한다.
해야 할 일이 없는 것은 사람을 느긋하게, 편안하게 한다.
직장에서는 일을 하면서 즐거웠지만,
지금은 일이 없어 좋다.
출근할 때는 텃밭에서 일을 하다가 출근 시간이 되어 일을 멈춰야 했
는데, 이제 그럴 필요가 없다.
내가 하고 싶을 때까지 내가 하고 싶은 일을 할 수 있다.
아, 좋다.

<u>5</u>

일이 없으면 일을 만들어야 한다.

농업기술센터에 교육을 받으러 갔다.
귀농자 교육 프로그램인데 농사에 도움이 될 것 같아 신청한 것이다.
지난 8월 말께부터 시작하여 수요일과 금요일에 교육을 한다. 아침부
터 오후까지 강의가 계속된다.
다양한 교육 과정, 꽤 괜찮은 강사진, 맛있는 점심도 제공한다.
각종 차와 간식거리도 잘 준비되어 있다.

대한민국은 참 괜찮은 나라이다. 이렇게 국민을 대접하다니….
TV를 보다가 가끔, 다행이다, 하는 생각을 한다.
대한민국에 태어난 것이 다행이다. 우리가 이런 나라에 태어나지 못
하고, 후진국에 태어났더라면 많은 고통을 겪어야 할 것이다. 이렇게
발달된 나라에 태어났으니 국민으로서 존중받고 경제적으로도 안정
된 생활을 할 수 있다.
아직도 하나의 인격체로서 존중받지 못하는 삶을 살아가는 사람들이
지구상에는 많다.

<u>6</u>

정년을 앞두고 최 교감은 나의 퇴임식을 준비하려 했다. 그 전에도 퇴임식을 어떻게 할 것인가를 종종 물었지만, 나는 필요 없는 일이라고 일축했었다.
그래서 나는 퇴임식을 하지 않았다.

재직하면서 여러 일로 직원들을 분주하게 했고, 또 넓은 교장실을 제공해 주고 운영하느라 학교 돈도 많이 써야 했다. 물론 교장의 품위를 유지하기 위해서는 교장실도 좋아야 한다. 교장도 근무 환경이 좋아야만 많은 일을 할 수 있다. 사실 교장은 수업도 하지 않으면서 많은 월급을 주니, 뭔가 학교도 교장에게서 본전을 뽑아야 한다. 그러려면 교장실이 좋아야 한다.
좋은 방만 준 것이 아니라, 학교는 그 운영 경비도 다 부담했다. 그리고 내가 일할 수 있게 많은 편의를 제공해 주었다. 내가 쓰는 사무용품을 사 주고, 수발도 잘 들어 주었다. 청소를 해 주고, 컴퓨터에 문제가 생기면 직원들이 와서 바로 해결해 주곤 했다.
퇴직을 앞두고 다른 것은 서운치 않았으나, 내가 쓰고 있는 교장실 같은 방을 마련할 수 없는 것은 아쉬웠다. 그렇게 호사를 했으면 됐지 뭔 퇴임식을 한다고 부산을 떨어야 하는가.

7

가끔 퇴임식에 가 보면 몇 년 동안 기관을 위해 봉사했다고 퇴직자를 치켜세운다.

봉사란 말도 안 되는 소리다. 나는 직장 생활을 봉사라고 생각지 않는다. 봉사는 우선 노력의 대가를 받지 않아야 한다. 보수를 받아 처자를 잘 건사하고서 무슨 봉사란 말인가.

외려 그 자리를 오래 차지하고 앉아 있어서 직장과 동료들에게 신세를 졌다는 생각이다. 내가 아니고 다른 어떤 사람이 그 자리에 있었다면, 그 조직이 더 발전하고 동료들이 더 편안했을지도 모른다.

그리고 나는 퇴임식에서조차 벌을 받고 싶지 않았다.

해마다 오는 스승의 날은 나에게 고통스러운 날이었다. 수업을 하러 교실에 들어가면 아이들이 입을 모아, "스승의 은혜는 하늘 같아서…" 하는 스승의 노래를 부른다. 나는 아이들 앞에 서서 그 노래를 들으면서 깊은 반성을 하곤 했다. 나는 정말 그런 선생이었나, 이런 찬사를 듣기에 부끄럽지 않은가, 하는 반성을 하며 노래가 어서 끝나기를 기다렸다.

그것은 벌이었다.

좋은 선생이 되어라,

아이들을 위해 노력하는 교사가 되어라,

176

하는 주문 같았다.

그만큼 벌을 받았으면 됐지, 퇴임식 때까지 많은 사람들 앞에서 벌을
자청할 필요는 없다고 생각했다.

물론 퇴임식을 불필요한 일이라 생각지 않는다. 학생들 앞에 떳떳이
설 수 있는 사람은 괜찮다고 생각한다. 그러나 나는 그러지 못하여 퇴
임식을 사양했다.

그리고 정년이 임박했다는 것을 아는 제자(이 말도 나에겐 무거운 말이어
서 말할 때는 '내가 가르친 아이'라고 표현하곤 했다)들이 언제 퇴임식을 하느
냐고 물었다. 나에 대한 그들의 애정 표시임을 안다. 그런 졸업생들
에게 바쁜 시간을 쪼개어 먼 길을 오랄 수 없는 일이기도 하다. 내가
뭐 그리 훌륭한 선생이라고 그들을 부른단 말인가. 그것은 또 하나의
폐가 될 것이다.

그리고 직원들이 행사를 준비하느라 고생할 것도 염려되었다. 인문계
고등학교는 그런 일이 아니어도 늘 바쁘다. 나의 퇴임식을 준비하는
시간에 교재 연구를 더 해서 보다 좋은 수업을 하는 것이 바람직하다
고 생각했다.

그래서 나는 퇴임식을 하지 않기로 했다. 주위 사람들에게 그런 결정
을 말하면, 섭섭하지 않겠느냐 했다. 또 학교에서 하는 대로 그냥 가
만히 있으라고 권고하는 사람도 있었다. 나는 전혀 서운하지 않았다.
아니, 홀가분했다.

<u>8</u>

그랬더니 그것이 복잡한 일이 되고 말았다.

나를 잘 보아준 분들은 나를 불러 음식을 대접했다. 그래서 나는 그분들에게 더 큰 폐를 끼치게 되었다. 내가 대접을 했어야 하는데 외려 대접을 받는 것이다.

오늘도 정 사장님이 식사 자리를 마련했다.

퇴임식을 했더라면 한자리에서 여럿이 밥 한 끼를 같이 먹고 말았을 것을 이렇게 여러 번 먹는다.

밤늦게 대취하여 들어서는 나를 기다리던 아내는 '날마다 축제'라고.

찬사인지 비아냥인지.

<u>9</u>

아침 10시부터 연수, 맛있는 점심, 그리고 다섯 시까지 또 연수.
농업기술센터 연수로 하루가 갔다.
오늘도 즐거운 하루였다.

나는 연수를 좋아했다. 참 많은 연수에 참가했다.
나는 국어 선생이라 방학 때에도 방과후학교 수업이 있어서 자유롭지
못했다.
그렇다고 그게 싫은 것은 아니었다. 수업을 하는 사람은 방학이 되었
어도 놀지 못한다 하고, 수업을 하지 않는 사람은 월급은 월급대로 받
고 엄청난 수당을 받으면서 그런다고 한다.
나도 비수능교과 선생님들처럼 방학 내내 빈둥거리며 놀고 싶었다.
그래서 수업을 하지 않았던 적이 있었다.

처음에는 좋았다.
마침 겨울이라 아침 추위를 겪지 않아도 되어 좋았다. 하루 이틀 시간
이 지나자 불편해지기 시작했다. 아내가 직장에 나가고 나면 아이들
과 좀 놀아 주다가 낮잠을 자기 시작했다.
그게 몸에 익으니 밤낮이 바뀌었다. 낮잠을 잤으니 밤에 잠이 올 리
없다. 직장 생활과 가사 노동으로 피곤한 아내는 나 때문에 편히 잠들

지 못하였다.

아이들 시중에 밖으로 나다닐 형편도 되지 못했지만, 한가한 낮 시간을 즐길 만한 경제적 여유도 없었다.

노는 것이 지겨웠다. 시간은 많고 돈이 없으면 폐인이 되기 쉽다는 것을 깨달았다.

그래서 나는 방학에 수업을 하는 것을 다행으로 여기기로 했다.

어쩌다 여건이 허락되면 연수에 참가했다.

연수는 나에게 많은 이로움을 주었다.

새로운 지식, 평소에 하지 않던 깊은 생각, 그리고 많은 깨달음.

하루 종일 의자에 앉아 있다 보면, 그것만으로도 어려운 일이라는 생각이 들었다. 나는 출석이 좋지 않은 아이에게, 누가 너더러 공부 잘하라고 했니, 그냥 학교에 나와서 앉았기만 하란 말이야, 하고 말했었다. 그런데 그냥 의자에 앉아 있기만 하는 것이 공부를 잘하는 것보다 어렵다는 생각이 들었다. 공부를 잘하는 아이는 공부가 재미있어서 의자에 앉아 있는 것이 힘들지 않다. 그러나 공부에 맘이 없는 아이는 그냥 의자에 앉아 있으려니 힘이 든다.

나는 얼마나 폭력적인 선생이었는가. 공부를 하지 않고 의자에 앉아 있는 것은 고문과 다를 바 없다.

그래서 나는 그런 생각을 한 뒤에는 그 말을 절대 하지 않았다.

<u>10</u>

토요일, 출근하지 않는 날이다.
그러나 나같이 직장이 없는 사람은 요일에 상관없다.

주 5일 근무제. 유감이다.
좀 더 일찍 시작하지, 내가 퇴직하기 직전에야 하다니.
다른 직장은 다 하는데 학교는 가장 나중에 하고.
교장도 학교 안 가면 좋다. 아이들은 얼마나 좋을까.
하긴 하루 종일 집에서 논 적은 드물다. 우리 집과 학교가 가까워서
늦게라도 읍내에 나가면 들렀었지.
그러면 마음도 편해지고, 그래서 좋았다.

한적해서 좋다.
티브이를 보다가, 책을 보다가,
텃밭에 나가 고 예쁜 것들 보다가.
하, 고것들 참 예쁘기도 하지.
어린 배추들이 줄지어 서서
서로 손을 잡으려고 팔을 늘여 뻗는다.

아내는 교회 가고, 나 혼자뿐이다.
나도 언젠가는 아내처럼
일요일엔 성경책 들고 교회 가려나.
교회 가서 큰 소리로 즐겁게
찬송가를 부르려나,
그런 날이 있으려나,
그날이 오려나.

<u>12</u>

추석이다.

전에는 명절이 되면 많은 분들이 선물을 보내 주었다. 내가 퇴직하고 나니 많이 줄었다.

그래도 잊지 않고 계속 선물을 보내 준 분들이 고맙다. 전 운영위원장님을 비롯한 학부님들과 몇몇 직원들, 변함없는 마음 씀이 고맙다. 그들은 나와 직장을 통해서 관계가 형성되었는데, 그 관계가 해지된 지금까지.

직원들에게도 말했었지.

소금을 먹지 말라고, 소금을 먹으면 물을 켜야 하고, 물을 켜려면 힘이 든다고. 소금을 먹고 물을 안 켜는 놈은 더 나쁜 놈이라고.

나는 소금을 안 먹은 것 같다. 물을 켜지 않았으니.

아니, 나도 소금은 먹고 물을 켜지 않은 나쁜 놈인가.

<u>13</u>

추석 연휴 마지막 날.

출근하지 않는 나에게도 연휴인가.

나는 날마다 연휴다.

그래도 고맙게 월급 받는다. 연금.

연금 제도가 있어 다행이다. 나 같은 주변머리로서는 퇴직 후에 궁핍
을 면할 길이 없는데 연금이 있어 다행이다.

우리는 평생 지금 같을 줄 알고 앞날을 생각지 않는다.

그러다가는 후회막심後悔莫甚이다.

그러나 때는 이미 늦었다.

그래도 그때부터 시작해야 한다.

그래야 또다시 후회하지 않는다.

14

친구들과 모임, 참 좋다.

저녁 먹고, 고스톱을 쳤다.

예전에는 좀 늦으면 다음 날 출근할 일이 걱정이었다.

또 누가 볼까 봐 조심스러웠다. 교장도 사람이고, 친구들과 어울려 노는 것이 좋다.

그러나 하고 싶은 대로 할 수 없었다.

선생은, 교장은 그래서는 안 된다.

그래서 늘 조심해야 했다. 누구와 함께 있어도 조심스러웠다.

이젠 무척 가볍고 헐거워졌다.

퇴직하고 나니 수입이 준 것 외에는 다 좋다.

가볍고 헐겁다.

<u>15</u>

기술센터 강의 참석.

부여에서 농사를 짓는다는 젊은이가 강사였다. 넘치는 자신감이 보기 좋다. 어찌 보면 좀 밉살맞아 보이지만 젊으니까 그럴 수 있다.

내가 생각지 못했던 것을 그 젊은이에게서 배웠다. 공부하는 것도 중요하지만, 주의 깊게 관찰하고 깊이 생각하는 것이 더 많은 지혜를 얻게 한다.

나이가 들면 몸이 사려진다.

겸손해지는 걸까, 아니면 자신감이 줄어서일까.

<u>16</u>

텃밭 배추가 어느새 손을 맞잡았다.
이제 곧 서로 어깨를 기대겠지.
사람도 저렇게 살아야 하는데
이웃의 손이 잡고 싶고
그 어깨에 기대고 싶어야 하는데
그래야 사는 것이 즐거운데.

<u>17</u>

나는 늘 월급 도둑이 되지 않으려고 노력했다.

직원들에게도 월급만큼은 일을 하여야 한다고 했다.

오래전에 읽었던, 지금은 글쓴이조차 기억하지 못하는, 어느 연극인
이 쓴 글을 읽고서 느낀 바가 많았다. 그가 대학을 다닐 때에, 어느
교수님은 학생들에게 완성도가 높지 않은 연극을 무대에 올리는 것은
관객을 상대로 도둑질을 하는 것이다, 라고 했다는 거다.

그렇다면 세상에 얼마나 많은 도둑들이 합법적으로 도둑질을 하고 있
는가. 나는 도둑이 되지 않으려고 마음먹었다. 그 글을 내가 직접 타
자하여 직원들에게 나누어 주었고, 자식들에게도 나누어 주었다. 그
러는 것이 나의 다짐을 더 단단히 하는 일이었다.

그렇다고 내가 월급값을 충분히 했다고 자만하지는 않는다.

나는 능력이 그리 뛰어난 사람도 아니고, 수단이 좋은 사람도 되지 못
한다.

그러나 늘 정직하여야 한다는 생각을 버린 적이 없고, 부지런히 일을
해야 한다고 자신을 추슬렀다.

그래서 좀도둑이었는지 모르지만, 큰 도둑은 되지 않았다.

<u>18</u>

나는 늘 뒷북을 친다.

해마다, 남의 밭 상추가 나풀나풀할 때가 되어서야 상추씨를 뿌렸다.

이웃 집 완두콩이 시퍼렇게 덩굴을 뻗은 뒤라야 아차, 심을 때가 지났음을 알았다.

토란이라고 예외는 아니었다.

뒤늦게 이웃에게서 토란씨를 얻어 심었다. 좀처럼 싹이 트지 않았다. 땅을 후벼 보니 게으름뱅이 토란은 그제서야 땅속에서 뿌리가 돋아 있었다.

여름이 되니 잎이 제법 무성했다. 큰 잎을 볼 때마다 마음이 푸근해졌다. 연잎같이 생긴 것이, 내가 어린아이라면 토란잎을 따서 우산으로 썼으면 좋겠다고 생각했다.

토란을 캤다.

줄기가 굵고 잎이 실했던 놈을 먼저 캤다. 예상보다 알이 굵었다. 성공이다. 잎이 무성하다고 꼭 뿌리가 잘 드는 것은 아니다. 어떤 것은 알이 형편없다.

그래도 토란을 담으려고 가져갔던 그릇을 채우고도 남았다. 전체적으로는 기대 이상의 수확이다. 더 욕심을 내지 않기로 했다. 감당하지 못하는 욕심은 나를 괴롭힐 뿐이다.

<u>19</u>

내 친구 오근식.

그는 늘 자상하다. 겸손하고 절제가 몸에 배어 있다. 부럽다.

그가 고향으로 돌아오려고 할 때, 나에게 전화를 했었다. 고향에 내
가 있어서 좋다고.

그런데 그 말은 거꾸로 되었다. 그가 와서 내가 얼마나 좋은지 모르
겠다.

그는 늘 부지런히 농사일을 한다. 한 번도 남을 탓하는 걸 보지 못
했다.

좋은 사람은 행복을 나누어 준다.

<u>20</u>

내가 할 일을 찾아야겠다.

휴지를 줍는다든지, 청소를 한다든지, 그런 일이면 좋겠다.

남에게 유익하다고 생각하는 일이면, 크고 작고를 따질 필요가 없다.

내가 보람을 느낄 수 있는 일, 거기에 기쁨이 있을 것이다.

생각 같아서는, 강경의 팔괘정 청소를 맡아 하면 좋을 것 같다.

시청에서 내게 열쇠를 주었으면 한다.

팔괘정은 우암 선생께서 세우셨다. 나의 11대 할머니가 바로 우암 선생의 따님이시니, 더욱 의미가 있다.

먼지를 닦아 내고, 마루를 윤기가 나게 걸레질하고, 그 상쾌함 속에서 책을 읽고, 글을 쓰고.

신선이 따로 없겠지. 그런데 시청에서 좋아할까. 그것이 문제로다.

21

창밖의 매화 꽃봉오리가 터지기 직전이다.
그런데 이보다 좀 더 부지런한 산수유는, 벌써 꽃이 벌었다.

아내가, 산수유꽃이 피었어요, 해도 그냥 듣고 넘겼다.
그런데 내가 직접 보니 그 느낌이 매우 다르다.
무엇에 대하여 전해 듣는 것과 자신이 직접 보는 것은 확연히 다르다.
또 보는 것과 만져 보는 것, 실제로 해 보는 것은 전혀 다르다. 교육
을 하는 사람들, 무엇에 대하여 남을 일깨우고자 하는 이들이 마음에
깊이 새겨 둘 점이다.

봄은 기다리지 않아도 온다.
누구에게나 봄은 온다.
그러나 모든 사람이 봄을 똑같이 느끼는 것은 아니다.
봄이 오기를 절실히 기다린 사람에게는 그만큼 큰 감격으로 온다.

22

일어나니 5시 27분.

나에게는 이른 아침이지만 작은 새들은 이미 분주하다.

짹짹거리는 소리가, 잔치를 준비하는 집에서 보는 소란 같다.

저들은 이미 한나절의 일을 했을 것이다.

23

오늘은 학습관의 문화재 기행에 참여하는 날이다.

출발 시간인 10시 30분보다 조금 일찍 도착했다. 이미 버스는 대기하고 있었다.

노인들이 대부분이었는데, 남들 눈에는 나도 노인네로 보일 것이다. 아는 분들이 많았다. 처음 인사하는 분 가운데 신문에서 내 글을 읽었다고, 나를 잘 아는 분도 계셨다.

말로만 듣던, 큰 누님의 초등학교 담임이셨던 김영대 교장 선생님을 만나 뵐 수 있었다. 90 노객이 꼬장꼬장, 아직도 정정하시었다. 저런 힘이 어디서 나오는 것일까. 아마도 긍정적인 시각과 적극적인 참여일 것이다.

인문학 강좌로 우리 지방의 절을 둘러보는 프로그램인데 류제협 문화원장님이 해설을 맡아서 좋았다. 해박한 지식과 겸손한 태도.

쌍계사에서 연꽃 만드는 체험을 하였다.

석가탄신일 등에 보이는 연꽃을 보면서, 어떻게 저리 정교하게 만들까 감탄했었다. 그런데 상품화되어 있는 재료를 이용하니 쉽게 만들 수 있다.

참 편리한 세상이다. 돈이 되는 일이라면 철저한 세상인가. 만드는 사람은 돈을 벌어 좋고, 쓰는 사람은 편리해서 좋다.

최 선생이 준비한 점심은 그의 재치를 엿보게 했다. 세련된 재치는 주변을 밝게 한다. 반대로 어눌한 행동은 지켜보는 사람들의 마음을 어둡게 한다.

이렇게, 즐겁게 하루가 갔다.

<u>24</u>

모내기할 논을 한 바퀴 돌아보았다.
어제 이런저런 일을 많이 하여 몸이 무겁다.

일을 하는 것을 재미로 삼고 있지만, 몸에 배지 않은 일은 힘에 겹다.
정신을 한데 모아 자신에게 미리 일러두면 우리 몸은 말을 잘 듣는다.
단시간은 정신으로 육신을 통제할 수 있다. 그러나 장시간, 정신력으
로 몸을 통제하기란 몹시 어려운 일이다. 아무리 정신력으로 몸을 통
제하려고 해도 몸이 말을 듣지 않는다.
특히 나같이 고된 일에 익숙하지 않은 사람은 더욱 그렇다. 강도 높은
노동에 익숙하지 않아서 같은 일을 하더라도 남보다 먼저 피로를 느
낀다. 이것 또한 정신의 문제일지 모른다. 어쨌든 긴 시간 동안 강도
높게 하는 노동은 견디기 어렵고 싫기도 하다.
일이 무섭다는 생각이 들었다. 일에 대한 요령도 없지만, 이 일을 꼭
해야 한다는 절박감의 부족이 더 큰 원인이다. 절박감이 모자란다는
것은 아직도 현실을 받아들이지 않는다는 것일 게다.
내가 할 일은 꼭 내가 하여야 한다는 생각을 가져야겠다.

창 너머로 비가 오는 듯한 낌새.

밖에 나갔다. 엊저녁의 일기예보에는 시간당 강수량이 4㎜일 것이라 했다. 그런데 반갑게도 빗방울이 제법 굵다. 아니 이게 웬 횡재란 말인가.

사람은 뜻하지 않은 일로 잠시 크게 기뻐하기도 한다.

이래서 어렵게 사는 사람도, 사는 것이 고통의 연속만은 아닌 것이다.

우산을 쓰고 비설거지를 한다.

어떤 일에 미리 대비하지 않으면 이렇게 일을 당하여 서둘러야 하고, 더 힘을 들여야 한다. 자주 뉘우치는 일인데도 자꾸 되풀이한다. 이것은 대체 무슨 일? 나잇값을 하지 못한다.

단호박을 포토에 옮겨 심었다. 이 비를 맞고 나면 어디에 옮겨도 몸살이 없을 것이다. 비가 오지만, 비로 흙이 젖을 때까지는 목말라 할 것 같아 물을 주었다.

우산을 썼어도 등이 젖어 눅눅하다. 그래도 기분이 좋다.

눅눅한 것을 참고 마당에 그릇 여러 개를 펼쳐 놓았다. 빗물은 수돗물보다 식물들이 좋아할 것 같아서 그런 것이다. 물값도 조금 줄 것이고. 설령 돈이 더 들더라도 누구에게(그게 식물이더라도) 도움이 되는 일, 좋아할 일을 해야 할 것이다. 그러나 나의 이런 행동이 어떤 사람이 보기엔 궁상맞아 보일 수도 있겠다.

방에 들어와 창밖을 보니 비가 그친 듯. 서운하여 창을 여니 아직도
여전히 빗소리.
내가 게으름을 피우긴 했어도 비를 맞으며 비설거지를 했는데. 이런
가뭄에 비가 내리다 말면 말도 안 된다. 하느님이 잘못하시는 일이다.
비를 맞으면서 여기저기 널브러져 있는 호미와 연장을 치웠는데.
다행히 비가 계속 내린다.
하느님, 땡큐.

<u>26</u>

모를 심는 날이다.

오늘 모를 심으면서도 어제는 종일 외출했으니 이런 건달이 어디 있을까. 성실한 농부로서는 있을 수 없는 일.

이앙기에 모판을 얹어 주려니 힘에 부친다.

이앙기를 가진 사람은 시간이 돈이어서 가급적 빨리 일을 끝내려고 서두르니 더욱 그랬다.

이앙기가 지나가면 여섯 줄로 모가 심긴다. 마치 정렬해 있는 병정들 같다.

죽어 있던 논이 파랗게 살아난다.

마음이 뿌듯하다.

젊어서 아버지를 도와 모쟁이(모를 심는 사람이 용이하게 하기 위하여 모 묶음을 소요량에 맞추어 준비하는 사람)를 하기도 하고, 직접 모를 심기도 하였다.

그러나 이런 기분은 느끼지 못했었다. 내가 책임을 지고 있어서 그런 것인가 보다.

예전에는 모내기를 하는 날, 이웃들을 모두 불러 모아 함께 못밥을 먹었다.

살아갈 양식을 얻을 수 있는 모를 심게 되었으니 감사한 일. 이웃과 그 기쁨을 함께 나누었다. 그때는 각자 따로 사는 것이 아니라, 형제나 집안은 말할 것도 없고, 동네 전체가 한집이었다. 그때는 고단하게 일을 하고서 집에 돌아가다가도 일이 덜 끝난 집이 있으면 못 본 체 지나지 않고 일을 거들어 마쳤다. 그런 세상이었으니 비록 여러 가지가 모자라도 세상 사는 일이 즐거웠다.

옛 생각이 나서 저녁에 몇 사람을 불러서 함께 일 배盂.
몸은 고되어도 마음은 가볍다.

27

모를 다 심고 나니 모가 18판이 남았다.

예상 밖이다. 정상적이라면 거의 맞아떨어져야 할 것이다. 조금 덜
심어진 것 같긴 한데, 농사를 모르는 나는 판단이 서질 않는다. 뭔가
잘못된 것 같긴 한데 그냥 적절하다고 믿는 수밖에.

기계로 심는 것이라서 빠진 곳이 있어 모를 때웠다.

농사일에 나보다 선배인 오 지점장이 논가만 때우고 안에는 모른 척
하라 했는데, 뻔히 보이는 곳을 그냥 모른 체할 수가 없다.

논에 들어가면 정강이까지 깊이 빠져서 걸음을 떼기가 힘들다. 인절
미 반죽 같은 논은 내 발목을 잡고 놓지 않는다.

일을 해도 성과는 별로 없지만, 몸은 천근만근.

벼를 심는 것은 일이 없다고 하더니 내게는 만만치 않다. 그 말은 농
사일을 오래 한 농부들의 말이다.

나는 이 벼농사도 힘에 겹다. 그래도 하는 데까지는 그냥 해 볼 작정
이다.

28

오늘도 역시 모를 때였다. 힘든 일이다.

나는 일을 하는 데도 이성적이지 못하고 그냥 성깔대로 한다. 힘에 겹게, 무지막지로 한다.

류 문화원장님은 예초기에 기름을 넣고 풀을 깎다가 기름이 떨어지면 다시 넣지 않고 그걸로 일을 중단한다고 하셨다. 이래야 이성적이다. 그런데 나는 다시 기름을 넣고 아주 끝장을 내려고 한다. 잘못된 일이다.

그렇게 일을 하다 보니 기진맥진이다.

에이, 어리석은 사람.

헛나이를 먹었군.

계속 강행군이다.

나는 또 기진맥진, 내 몸의 배터리는 완전 방전.

사람이 이러다가 과로사하나 보다.

그래도 그렇게 저돌적인 내가 좋다.

사람은 열정이 있어야 한다.

30

해도 해도 일은 끝이 없다.

언젠가는 끝이 있겠지. 보이지는 않지만,

어딘가 있을 끝을 향해 쉬지 않고 계속 돌진이다.

현충일이다.

나라를 지키다가 돌아가신 분들. 그 덕에 내가 산다.

해마다 현충일에는 모윤숙의 시 「국군은 죽어서 말한다」를 학생들에게 읽어 주었다. 전장에서 죽어 간 청춘들에게 내가 할 수 있는 일은 그뿐이었다.

국가에서는 그 가족들에게 더욱 많은 혜택을 주었으면 좋겠다. 아무리 많은 지원이 있다 한들 아버지가, 남편이 살아 있음만 하겠는가. 그러니 경제적으로라도 좀 넉넉하게 지원을 해야 하는데, 그렇지 않다.

안타깝다.

백선엽 장군의 『내가 돌아서면 나를 쏴라』라는 자서전을 읽은 적이 있다.

죽음을 두려워하지 않고 적들과 싸운 분들. 오직 애국심 하나만으로 죽음을 두려워하지 않았다. 특히 다부원 전투에서는 훈련도 받지 않은 어린 군인들이 아예 죽으러 전선으로 갔다. 국군과 미군 사망자가 174,000명이 넘고, 북한과 중국 사망자는 330,000여 명이라니.

전쟁은 인류가 저지를 수 있는 범죄 가운데 가장 나쁘다.

직장에 다닐 때는 일요일에는 쉬었다.

쉰다는 것은 꼭 아무 일도 하지 않는 것이 아니라 평소 하던 일과 다른 것, 자신이 좋아하는 것을 하는 것이다.

그런데 초보 농부인 나는 일요일에도 일터로 간다. 그것도 새벽부터 해가 중천에 뜰 때까지, 그리고 다시 오후에 해가 설핏하면 어두워질 때까지. 장시간의 노동이다. 그냥 하고 싶어서 하는 것이 아니라 해야 하기에 일을 한다.

이것은 분명 노동이다. 사람들이 나더러 일을 하는 것은 노동이라고 할 때에 나는 아니라고 했다. 해야만 해서 하는 일은 노동이지만, 나처럼 좋아서 하는 일은 노동이 아니라는 생각에서였다. 가령 운동선수가 힘에 겹게 운동을 하는 것은 운동이 아니라 노동이다. 그런데 나는 분명 노동을 하고 있다. 하고 싶기도 하지만 어서 일이 끝나기를 바라니 노동이다.

가혹한 노동에 시달리고 있는 나. 일이 언제 끝날까. 어서 끝이 났으면.

날마다 일에 시달린다. 그런데 쉴 수 있는 기회가 생겼다. 어떤 문학회에서 백두산 탐방을 한다고 메일이 왔다. 내가 과로사를 면하려면 일거리를 보지 않아야 한다. 나는 일거리를 보고서는 참지 못한다. 힘에 겨워도 쉬지 않고 일을 한다. 그래, 백두산에 가는 것이다. 전에도 백두산에 갔었다. 첫날은 북파로 올랐다가 비가 쏟아져서 비바람에 흠씬 비만 맞고 돌아왔다. 다음 날 다시 서파로 올랐으나 구름이 끼어서 안개만 보고 왔다.

그 다음 날 우리 일행은 의견이 엇갈렸다. 백두산을 보러 왔으니 예정된 일정을 변경하여 다시 백두산에 오르자는 의견과 일정대로 진행하자는 의견이었다. 몇 사람이 반대하여 일정대로 진행하였다. 그런데 귀국길에, 청주공항에서 함께 중국행 비행기를 탔던 경상도 사람들을 만났는데, 그들은 다시 백두산에 올랐으나 천지는 보지 못하였다고 했다. 우리가 가지 않은 것이 다행이었다.

백두산에도 가고 일도 쉴 겸하여 신청하기로 했다.

메르스가 불안하게 한다. 그런 무서운 병이 있다니. 호랑이는 눈에 보이니 피하면 된다. 호랑이가 있을 법한 곳에 가지 않으면 호랑이를 피할 수 있다. 그러나 병균은 어디에 있는지 모르니 속수무책이다. 기세가 꺾이기는커녕 갈수록 더하니 큰일이다.

나야 운명이려니 한다지만 어린아이들이 병에 걸리는 것은 안타까운 일이다. 어른들의 책임이다. 어떤 것을 선택할 수 없는 상황에서 나쁜 쪽으로 일이 진행되는 것은 가엾은 일이다.

백두산 여행을 강행한다면 공항에 가야 할 것이니 망설여진다. 많은 사람들이 왕래하는 곳이어서 노출이 많을 수밖에 없다. 가야 할지 말아야 할지 망설여진다.

35

백두산 여행이 연기되었다. 이런 판국에는 가지 않는 것이 좋겠다 생
각했는데 8월로 연기했다고 한다. 잘한 일이다.

아침에 일어나 참깨 밭에 나갔다. 이것은 나의 일과 중의 하나가 되었다. 그 어리고 나약했던 참깨 모종들이 뿌리를 잡아서 잘도 자란다. 마치 살이 포동포동 오른 아이 같다. 그동안의 많은 노력, 보는 기쁨만으로도 그 대가는 충분하다. 이런 맛에 농사를 짓는다.

읍내에 나가 일을 보던 중에 소 사장의 전화. 다른 동창과 저수지에 낚시하러 가니, 어서 올라오라고. 초등학교 동창생인 그들이 고맙다. 그동안 나와 생활권이 달라서 동창회하는 날에나 만났는데, 이제 내가 시간의 여유가 있다고, 무료할까 봐 이렇게 불러 준다.
낚싯대를 챙겨 보니 바늘도 없고 추錐도 없다. 어쩔 수 없이 그냥 들고 저수지에 갔다. 다행히 찌는 남아 있어서 바늘과 추를 다니 낚시 가능. 오랜만에 하는 낚시라서 내가 던지고 싶은 지점에 낚시를 던질 수도 없고, 또 잘못하다가는 다시 초보라서 낚싯바늘에 손을 꿰일지도 모르겠다. 그러나 오늘은 내 손도, 물고기 입도 낚시 바늘에 꿰지 않았다. 허탕- 망연히 고요한 수면만을 바라보다가 집으로 왔다.

밭에 나가 풀을 맨다. 풀을 매다가도, 씨를 뿌리려고 밭을 일구다가도 돈이 나온다. 제대로 캐지 못한 마늘쪽이며 감자가 여기저기서 나온다. 이 감자 몇 알이 어떤 경우에는 생명을 연장해 줄 수도 있으니, 작은 것이 아니다.

며칠 전 씨를 뿌린 상추는 아직도 감감 무소식이다. 묵은 씨앗이라서 그런가. 장맛비에 기가 질려서 그런가. 상추는, 모든 것이 다 그렇듯, 어렸을 때가 훨씬 예쁘다. 고 작은 것이 무거운 땅을 뚫고 얼굴을 내미는 것이 놀랍고 신통하다. 작은 잎사귀가 참 귀엽다.

38

낮 동안 하루 종일 잠만 잤다.

잠이 모자란 것이 한계에 왔었나 보다. 잠은 외상이 없다더니 정말 그런가. 이제 또 자리에 들면 그렇게 많이 자고도 또 잠이 올까.

몇 꼭지의 글을 써야 하는데 영 쓰기 싫다. 오래 글을 쓴 나도 그런데 아이들이야 오죽하겠는가. 글을 쓰려다가 그냥, 오늘은 편히 포기하기로 한다. 아, 편안하다.

아침에 일어나 참깨 밭에 가니, 고것들 참 예쁘다. 기쁘다. 내 손에서
태어난 것들이 이렇게 잘 자라 주다니, 고맙다. 오이순이 부러졌다.
다 죽어 가는 것을 다시 살려 놨더니 비가 오는 사이 바람에 순이 송
두리째 꺾였다. 안타깝다. 진즉 묶어 주었더라면 괜찮았을 텐데. 다
시 살아나기를 바라는 것은 나의 과욕일 것이다.
논에 잡초가 심하게 난 곳에 농약을 하였다. 부분이지만 께름칙하다.
가급적 농약을 하지 않는다는 나의 신념이 농사의 규모가 커지면서
무너진다. 그러나 최소한으로 하겠다고 다짐한다.

글을 써야 하는데 도무지(오타로 '도모지'라고 쳤다. '도모지'가 '도무지'보다
발음하기 편하지 않나. 그렇게 바꾸면 어떨까, 생각했다) 글이 써지지 않는다.
김태길 선생의 「글을 쓴다는 것」이 명문임을 다시 실감한다. 오늘 탈
고를 하여야 독촉에 시달리지 않을 텐데, 걱정이다. 컴퓨터 앞에 앉
아 끙끙대다 쓰는 데까지 쓰고 내일로 미뤘다. 독촉을 받고 혼쭐이 나
야 성과가 오를 것이다.
며칠 전에 탈고한 수필을 몇 분에게 보냈다. 내가 농사짓는 이야기,
이웃들의 도움을 받는 이야기다. 읽는 사람들의 마음이 훈훈해지기를
바란다. 누가 누구를 도와주었다는 이야기는 듣는 사람의 마음을 따
뜻하게 한다.

아침에 일어나 밖에 나가니 능소화가 만발했다. 어찌나 예쁜지 나 혼자 보기가 아까워서 사진을 찍어 점심에 만날 분들과 친구들에게 보냈다.

이른 봄에 잔가지를 잘라 주었더니 꽃이 풍성하게 피었다. 능소화는 잎이 깔끔할 뿐만 아니라 꽃송이 또한 탐스럽다. 아내를 불러 꽃을 보라고 하였더니 자기가 심은 것이라고 공치사를 한다.

나는 능소화를 별로 탐탁하게 여기지 않는다. 능소화는 생명력이 강해서 줄기가 높은 가죽나무 끝을 향해 치달린다. 물론 그의 질주가 결승점까지 도달하지는 못하나, 그런 악착이 나는 싫어서 그 꽃을 좋아하지 않았다. 꽃의 색깔이 내가 좋아하는 주황색인데도 불구하고 영정이 가지 않았다. 그런데 요즘은 능소화에 대한 혐오가 없어졌다. 능소화는 꽃잎이 싱싱할 때에 송두리째 떨어진다.

전에 살던 집의 담장에 넝쿨 장미가 잘 심겨 있었다. 가지마다 작은 꽃이 무더기로 피는 것이 보기 좋았다. 그런데 꽃이 시들기 시작하면 문제였다. 시든 꽃잎이 가지에 그냥 매달려 있었다. 정이 떨어진 연인이 하직을 고했는데도 바짓가랑이를 붙잡고 늘어지는 여인 같다. 추하다. 그런데 능소화는 싱싱할 때에 뚝뚝 떨어진다. 가장 아름다운 시기에 하직을 고하는 것이다.

사람의 만남과 헤어짐도 그래야 하리라. 그래야만 오래 좋은 인상으로 기억될 수 있다. 어느 시구詩句처럼 여유가 있을 때의 이별이라야 아름답다. 만남은 예기치 않게 찾아오지만, 헤어짐은 시기가 중요하다.

나 이사장님의 점심 초대에 갔다. 내가 가장 연하年下라서 먼저 가서 기다리기로 했다. 평소 존경하는 선배님들과의 식사는 즐거웠다. 음식이 문제가 아니라 누구랑 하는가가 중요하다. 이렇게 좋은 분들과 교유할 수 있게 된 것에 감사하다. 내가 그분들에 비해 많이 부족한데도 나를 참여케 하시니….

식사 장소가 관촉사 옆이어서 식사 후에 은진미륵불 어머니 부처님을 찾았다. 이창구 센터장님의 중국 상인들이 건립하였을 것이란 추정이 흥미롭다.

이 센터장님은 참 입담이 좋다. 같은 이야기라도 화술이 뛰어나서 늘 좌중을 즐겁게 한다. 언젠가, 군대 생활을 할 때에 어느 아가씨와의 러브 스토리를 흥미진진하게 들은 적이 있다. 그리고 어려서 광산에서 일하시던 아버지를 찾아 금산의 어느 산골짜기로 가던 날의 막막함도 들었다. 나는 그 뒤로 금산에 가면 그 '석막'을 지날 때마다 '어린 절망'을 생각한다.

아버지들이여, 무책임하지 말아야 한다. 그러려면 애당초 애를 낳지 말든지. 이미 낳았으면 뼈가 으스러지도록 일을 해야 한다. 무책임한 가장, 나는 용서할 수 없다.

사무실에 들러 청탁받은 원고를 검토하여 보냈다. 저녁에는 기술센터의 블로그 교육에 갔다. 사진을 편집하는 방법을 배웠다. 재미있는 수업이었다. 어제는 좀 헤맸는데 오늘은 잘 따라 했다.

지역신문의 칼럼은 마감 시간이 임박하여 다음 주로 미루었다. 당장 해야 할 일이 없어져서 마음이 홀가분하다. 열심히 일해라. 그래야만 때로 한가함의 즐거움을 알 수 있다.

교육 끝나고 오는 길에 담배를 사러 마트에 들렀더니 재직하던 학교의 학생들 몇이 있다가 반갑게 인사를 한다. 컵라면을 사려고 하기에 내가 사 주었다. 아이들이 어쩔 줄 몰라 한다. 아이들이 기뻐하니 몇천 원의 돈이 참 보람 있게 쓰였다는 생각에 마음이 뿌듯하다. 어떤 때는 돈을 더 많이 쓰고서도 두고두고 아쉬운데. 돈은 많고 적음을 떠나 제대로 써야 한다. 상대가 기쁘게, 나도 뿌듯하게.

<u>41</u>

스마트폰을 바꿨다. 다른 것은 그냥 괜찮은데 배터리가 금방 닳아 버린다. 그래서 새 배터리를 샀지만, 돈만 없앴다. 배터리 문제가 아니라 기계가 문제인 것 같다.

처음 스마트폰이 나왔을 때, 사람들은 굉장히 신기한 것이 나온 듯했다. 정말 그랬다. 안 되는 것이 없는 스마트폰은 정말 알라딘의 램프처럼 요술단지였다. 그러나 나는 별로 필요성을 느끼지 않았다. 바다를 보지 않은 사람은 바다를 그리워하지 않는 법이다. 모르는 게 정말 약일까. 아니다. 아는 것이 힘이다. 하여튼 나는 스마트폰을 사지 않았다. 새로운 기계에 대한 두려움 때문이었다. 이런 것이 노년의 증상이다. 그것은 일종의 병과 같다는 생각이다.

군산의 근대 문화유산을 탐방하러 가는 길에 문화원장님과 옆자리에 앉았었다. 그런데 나보다 여섯 살이나 위이신 원장님은 스마트폰을 쓰고 계셨다. 역시 진취적인 분들은 달랐다. 여기에 자극을 받은 나는 스마트폰이라는 공포를 자청하기로 했다.

조심조심 전화를 받기도 하고 걸기도 했다. 그런데 자칫 잘못하면 내가 걸지도 않은 상대에게 전화가 걸리는 것이었다. 그럴 때마다 실수라며 사과했다. 불편이 이만저만이 아니었다. 여러 가지의 불편을 오래 겪고 나서야 적응이 되었다. 그러고 나니 정말 편리했다. 바다를 본 것이다. 그런데 그 바다에 고장이 생긴 것이다.

며칠 전에 KT에 전화를 하여 교체 방법을 문의했더니 친절히 안내해 주었다. 서대전지점의 장 과장님이라고 했다. 생각 같아서는 그 친절에 보답하기 위하여 대전에 가고 싶었지만 가까운 곳을 찾기로 했다. 마침 아내 역시 스마트폰을 교체하고자 하였기에 논산에 가서 구입하더라도 한 대는 그 친절한 장 과장님 앞으로 실적을 올리기로 마음먹었다.

여러 기계 가운데에서 내가 일을 하러 논에 나갔을 때에 휴대가 간편하게 몸이 작은 것을 선택했다. 글씨가 작은 것이 흠이었으나 가격도 저렴하여 결정이 쉬웠다.

사용법을 대충 배웠으나 새 기계는 역시 무섭다. 처음 스마트폰을 쓰는 사람처럼 모든 것이 생소하다. 얼마가 지나야 익숙해질까.

42

강경중학교에서 강연이 있었다. 강경중학교와 물 절약 교육 협약을 맺었기 때문에 학생들에게 물의 중요성을 교육하기 위한 프로그램이다. 연사로는 정현수 원장님을 초청하였다. 정 원장님은 강경역사문화연구원장을 하고 계시기 때문에 이런 계제에, 미래에 강경의 주역이 될 학생들에게 강경에 대한 인식을 바꾸어 놓고 싶어서이다. 강경역사문화원에서 얼마나 중요한 일들을 하고 있는지, 왜 이런 일들이 필요한지를 알려야 할 것 같다.

박 교장 선생님의 열성이 학생들의 태도에서 드러난다. 지난번에 내가 인문학 강의를 할 때에도 학생들의 태도는 예상외로 좋았다.

이번 강연을 통해 학생들이 강경의 역사적 가치에 대해서 깊이 생각하게 되었으리라 믿는다. 그들이 강경의 주인이다.

고등학교 동창회. 언제나 분위기가 좋다. 웃으며 즐거운 대화를 하니 모임이 즐겁다. 서로 존중하고, 덕담을 하고, 칭찬하고 격려하는 분위기이다. 저녁을 먹고, 잠깐 고스톱을 치는 동안에도 서로 낯을 붉히기는커녕 화기애애하다. 절제하는 것이 몸에 밴 사람들이라서 누구도 선을 넘지 않는다.

인간관계를 좋게 유지하려면 너무 밀착하지 말아야 한다. 일정한 거리를 유지하고, 상대를 존중하는 것이 좋다. 우리는 친구끼리지만 말을 상당히 조심한다. 보통 때는 이름을 부르지 않고 직함을 부른다. 직위가 낮은 사람들은 그 직장의 상위 직책으로 부른다. 처음에는 앞으로 그리될 것이라는 생각에서였다. 이미 퇴직한 후라도 그가 그런 직위에 오를 만한 사람이었다는 뜻이 담겨 있음이다. 처음, 고등학교 동창끼리 서로 직함을 부를 때는, 동창끼리 이게 뭐야, 하고 생각도 했다. 그러나 지나고 보니 그게 옳았다.

44

사무실에 나가서 결재를 하였다. 그리고 직원들을 불러 모아 나의 업무 처리 지침을 말했다. 정직하게 할 것, 사전에 결재를 맡을 것, 결재 없이 집행한 사람은 사유서를 받겠다, 등등.

나의 지시를 따르지 않는 사람은 나와 함께 일할 의사가 없는 사람이다. 그런 사람은 다른 데로 가는 것이 좋겠다, 고도 했다. 이런 모진 말을 해야 하는 분위기가 싫다. 그러나 기강이 너무 해이해져 있어서 이런 말까지 해야 한다. 아쉽고 슬픈 일이다. 왜 서로를 존중하지 않는 걸까.

어제가 내가 맑고푸른논산21추진협의회장에 취임한 지 100일이었다. 젊은이들이 연인끼리 만난 100일을 기념한다고 하는 것이 생각나 저녁을 먹자 했더니 다들 선약이 있다고. 그래, 오늘은 '불금'이다. 월요일로 미루었다.

어젯밤에 가졌어야 할 모임을 오늘 낮으로 미루었다. 토요일이기도 하지만, 낮 시간을 이용한 모임은 노인이 다 되었다는 말이다. 낮에도 그리 바쁘지 않다는 말이기도 하고, 저녁 시간 외출이 부담스럽다는 뜻이기도 하다.

점심 먹고, 계속 고스톱. 저녁 먹고 해산. 몇몇은 섭섭해했지만 전체적인 분위기는 해산. 젊어서 같으면 저녁 먹고서도 늦게까지 자리를 뜨지 않았다. 그런데 이젠 자리를 털고 일어선다. 노년엔 노년의 생활을 하여야 하는 것이 순리이다.

46

참깨가 무성하게 자란다. 키가 자라서 혹 바람이 거세게 불면 넘어지겠다. 얼마 전에 쓰러지지 않게 줄로 묶어 주었는데, 그 줄이 발목에 걸려 있어서 다시 묶었다. 땀을 뻘뻘 흘렸다. 그래도 마음이 편하다. 다 된 농사를 조금의 방관으로 망칠 수는 없는 일이다. 이제 웬만한 바람에는 쓰러지지 않을 것이다. 작년에는 이 일을 하지 않았다가 깨가 넘어져서 크게 후회했다. 내가 늘 하던 말,

"몸 편하게 살려 하지 말고 마음 편하게 살아라."

나는 지금 마음이 편하다.

47

직원 회식. 음식을 처음 가져올 때는 저 정도의 분량으로 우리 배를 채울 수 있을까, 하는데 먹고 나면 늘 배가 부르다. 오늘 역시 다 먹지 못하고 상당 분량을 남겼다.

2차로 간 비비큐 치킨. 연 사장님이 반겨 주었다. 멋진 샐러드를 서비스로 주어서 식탁이 풍성했다. 고마운 일이다. 몇 년 전 어느 미모의 여인이 교장실 문을 들어서기에 의아해했더니 연 사장님이었다. 그 여러 해 전에 백일장에서 내가 수상자로 뽑았었다. 그리고 시상식에서 만나 글이 좋다고 계속 글을 써 보라고 했다. 그것이 잊히지 않아서 언제 인사를 해야지 했단다. 그런데 마침 남편이 근방에 오는 길이어서 동행했다고 한다. 고마운 일이다. 또 지난해 향시鄕試에서도 부군과 나란히 수상했다. 아주 좋아 보이는 부부이다.

성품이 좋은 사람들은 남이 나에게 고맙게 한 것을 오래 잊지 않고, 품성이 나쁜 사람은 남이 서운하게 한 것을 오래 잊지 않는다.

'bbq'를 누군가가 '669'로 읽었다고 해서 모두가 크게 웃었다. 분위기가 좋았고, 나는 엔간히 취했다. 박 국장과 임 실장도 적당히 취했다. 669에서 늦게 합류한, 언제나 씩씩하고 핸섬한 지부철 후배가 계산을 했다. 이 역시 고마운 일이다.

48

하루 종일 집에서 있었다. 일요일에 가급적 외출하지 않는 것은 나의 오랜 **이다(적당한 단어가 얼른 떠오르지 않는다). 받은 지 며칠째 봉투를 뜯지 않았던 시집을 꺼내 읽었다. 책 보기보다 더 좋은(?), 더 바쁜 일들이 많았던가. 지난주 내내 분주하게 돌아다녔다. 할 일이 없어서 무턱대고 집에만 있는 것보다는 좋은데, 너무 분방하지 않나, 생각하기도 한다.

요새 받은 시집을 꺼내 읽었다. 고마운 마음으로 받았으나 읽지 않고 서가에 꽂으면 언제 읽을지 모른다. 나이가 꽤 들어 보이는 분인데 시집은 예상 밖으로 읽기에 괜찮다. 다행이다. 읽기가 힘들어서 몇 편 읽다가 더 읽기를 포기할 때마다 저자에게 미안하다. 누구든지 그냥 아무렇게나 쓰지는 않았을 것이다. 그런데도 그걸 외면하는 마음이 편할 리 없다. 읽기에 짜증나는 시집이 많다. 시인이 되는 것이 좋아서 시인이 된 시인들의 시집이다. 시가 좋아서 시인이 되었어야 하는데.
시인은 강경 출신이다. 시인에게 전화를 한다. 시가 좋다고 덕담을 하고, 강경 사람이라서 반갑다고 덧붙인다. 그녀는 말하면서 계속하여 박용래 씨, 김관식 씨, 하고 대선배들에게 '-씨'를 붙인다. 누구에게 시를 배웠느냐고 물었다. 제대로 배우지 못했다고 하는 말을 에둘러서 하는 말이었다. 옳은 것은 옳고, 그른 것은 그르다. 지난번에 문화원장님은 나의 이런 태도가 안타까워서 그러지 말라 이르셨다. 고쳐야 하나, 생각해 보았지만 내 태도가 옳다.

나이를 물었더니 대답을 회피한다. 왜 나이 든 노인들은 자신의 나이 밝히기를 싫어하나. 이런 경향은 여성에게 더 많은 것 같다. 자신이 허송세월했다고 생각해서일까. 나이가 들었다면 나는 그에게 더 경건해지는데, 늙은 것이 뭐가 어때서. 나는 늘 내 나이 밝히기를 서슴지 않는다.

49

더위가 심하다. 고통스럽다. 그렇다고 에어컨을 켜고 앉았기도 그렇고.

더위를 피해 그늘에서 지냈다. 햇볕을 쐬며 일을 하지 않았다. 나는 체력이 강한 젊은이가 아니다. 조심해야 한다.

해가 져서야 옥수수 모종과 들깨 모를 들고 논에 갔다. 가면서 시계를 보니 7시 55분이다. 남들은 일을 마치고 집으로 돌아오는 시간이다.

논에 가니 호미를 가지고 가지 않았다. 마당에 내놓고도 가져오지 않은 것이다. 나이 탓인가, 하다가 아니라고 부정한다. 부정적인 일들을 나이 탓으로 돌려서는 안 된다. 그러면 내가 진짜 노인이 된다.

이웃 비닐하우스에 가서 찾아보니 호미가 없다. 눈에 띄는 모종삽으로 옥수수를 심었다. 해가 졌는데도 군軍부대에서 켜 둔 불빛으로 일을 하다가 8시 20분에 귀가. 옥수수가 열릴지, 아니면 잡초 속에 묻혀 버릴지, 결과가 궁금타.

50

오늘도 양촌면의 도랑 살리기 다짐대회에 나갔다. 이장님은 표정이 맑고, 후덕해 보였다. 귀촌한 지 몇 해 안 된다고 했다. 가끔은 이장님들에게서 거리감을 느끼는데, 이곳 이장님은 그렇지 않았다. 편안했다. 가끔 지나다니던 길가의 정자나무 아래에 행사장을 꾸몄다. 지날 때마다 그냥 정자가 참 좋구나, 하고 생각했었다. 그런데 이제는 나와 인연이 있는 정자나무가 되었다.

어느 동네보다 주민들이 많이 참석했다. 편안해 보이는 이장님의 친화력 때문일까. 내 말을 듣는 주민들의 태도 역시 진지했다. 인심이 좋은 동네 같아 보였다. 졸업생 이세훈 군이 양촌면 직원이라고 인사를 했다. 반가웠다. 동기인 우리 아이는 아직도 대학에 다니는데, 어엿한 직장인이 된 것이 보기에 좋다.

음식은 예전의 어느 시골 밥상을 떠올리게 하였다. 소박한 음식이 오히려 다정한 느낌을 주어 맛도 있었다. 돼지고기 수육에 비계가 많아서 나는 조금밖에 먹지 않았지만, 그런 점이 더 친근감을 불러일으킨다. 어설피 멋을 낸 음식은 멋도 맛도 없다.

점심 먹고 나서 한참 동안 시청 이한철 계장과 대전충남시민환경연구소 최충식 소장과 함께 이야기를 했다. 두 사람 모두 초등학교 후배라서 마음이 푸근했다. 내가 초등학교 동창회의 총무와 회장을 오랫동안 했는데, 이럴 때 보면 잘한 일이다.

시청의 회의에 참석. 여성친화도시협의체. 권경주 교수와 옆자리였
다. 다른 위원회에서 만났던 육 교수도 있었다. 겸손해 뵈는 인상, 반
가웠다. 사람은 그래야 하는데…. 만나는 사람이 부담을 갖지 않게
푸근해 보여야 하는데 나는 어떤가, 생각했다. 위원들이 모두 수더분
했다.

회의 끝나고 전민호 실장과 차 한 잔. 세훈이를 격려해 달라고 부탁했
다. 그리고 박으뜸 군을 찾아 격려. 고등학교 시절에는 청운의 꿈이
있었으련만, 시청 직원이 되어 열심히 일하는 모습이 보기 좋다. 불
의의 교통사고로 고생하는 으뜸이 아버지가 좋아하겠다. 예쁜 며느릿
감도 인사를 했다니, 다행이다.

이리저리 다니다 시계를 보니 시간을 맞춘 듯이, 큰딸이 타고 오는 기
차 도착 시간이다. 논산역으로 아이들 마중. 언제 왔었나. 아이들이
자주 오는 것 같기도 하나, 오래된 것 같기도 하다. 사돈댁에서 우리
부부 적적할까 봐 아이들을 보냈다니, 세심한 배려가 고맙다. 집 안
이 아이들 소리로 시끌벅적하다. 사람이 사는 것 같다. 반대로 사돈
댁은 고요하겠다.

아이들은 텃밭에서 방울토마토를 따고, 상추를 따고, 신이 났다. 저
녁에는 겉절이를 먹으면서 외갓집에는 맛있는 것이 많다고 하여 웃었

다. 정말 그런 것인지, 인사를 하는 것인지. 정말 맛이 있다면 다행이요, 인사치레라면 어린것이 그럴 줄도 알다니 기특하다. 기쁘다. 이래서 온갖 정성을 기울여 아이들을 키우는가 보다.

너는 쓰레기. 여기저기 구멍이 뚫리고 찢겨진 쓰레기. 모양만 그런 게 아니라 냄새도 나지. 아주 썩은 냄새. 가까이 다가갔다가는 진저리를 치고 달아나지.

너는 똥개. 똥개는 ×만 붙어 있으면 남의 똥구멍도 핥지. 우리는 그걸 수치로 알지만 똥개는 그렇지 않아. 원래 똥개니까. 똥개는 똥개를 불러들이지. 그래서 늘 똥개 옆에는 똥개들로 북적이지.

또 똥개들은 사람들이 똥개가 더러워서 피하는 것을 승리로 착각하지. 피하든, 패하든 상관이 없지. 왜, 목적이 ×을 차지하는 것이니까.

똥개인 네게 사람처럼 살아 주기를 바라는 내가 어리석고 터무니없지. 똥개가 어떻게 사람처럼 살 수 있겠어.

너는 세상을 더럽히는 쓰레기, 너는 똥개.

오늘도 협의회 분과회의. 참석자가 일곱 명. 어제보다 많다. 그리고
원만한 사람들이어서 분위기는 좋았다. 분과위원장으로 김명수 씨가
뽑혔다. 도축장을 운영하고 있는데, 품질에 대한 자부가 대단했다.
우리나라에서 제일가는, 세계에서 제일가는 상품을 만들겠다고 했
다. 이 말을 하는 품이 진지하고 당당했다. 자신만만한 태도, 보기 참
좋다.
틈틈이 국화를 심어 꽃길을 조성한다고. 이런 열정을 가진 젊은이들
이 많으면 우리나라가 좋아질 텐데.
김명수 사장을 만난 것도 내가 협의회장을 맡은 데 따른 보너스이다.
오늘, 기분 참 좋다.

54

부적면 충곡리, 도랑 살리기 다짐대회 마지막 동네이다. 다 그렇지만 동네가 아늑하고 좋다. 깨끗하고 정돈되어 보인다. 박승용 의원과 김진호 의원, 시의원 두 분이 나란히 참석했다. 어느 동네는 같은 지역구라도 자기 출신 면이 아닌 시의원은 참석하지 않는다. 서로 구획을 정하여 존중하자는 의도일까. 내가 늘 말하던 대로 구두닦이도 구역이 있어서일까.

그런데 젊은 두 의원님이 같이 참석하여 서로를 존중하여 말하고, 행동하는 모습이 보기 좋았다. 사람 사는 모습이 이래야 하는데, 종종 그렇지 못해 아쉽다. 두 분 모두 잘될 것 같다. 또 그래야 한다. 그들의 장래에 발전이 있기를 빌었다.

지난주부터 시작해서 이제 행사가 다 끝나는 날이다. 시청에서 평생학습도시 지정에 따른 교육 프로그램 운영 신청자에 대한 심의가 있었다. 협의회 분과회의가 있어서 일찍 나왔다.

분과회의에 열 명이 넘게 나왔다. 전에 비하여 상당한 출석이다. 회의도 원만하게 진행되었다. 협의회의 발전적인 방향에 대한 의견도 활발하게 제시되었다. 힘이 난다. 이렇게만 호응이 있다면 희망적이다. 점심 식사도 화기애애하게 했다. 오늘은 마음이 편하다. 내가 잘 진행한다면 협의회 운영도 잘될 것 같은 생각이 든다. 모든 것이 다 나 하기에 달렸다. 내가 정성을 기울여 정해진 대로 한다면 거칠 것이 없으리라.

예정대로 강경역사문화연구원 회원들과 함께 광주에 갔다. 우리 협의회의 환경 교육의 일환이다. 강경역사문화학교 수강생들 같은 적극적이고 학구적인 사람들에게 이런 교육이 필요하다. 무기력하고 환경 문제를 생각지도 않는 사람들에게도 물론 교육은 필요하다. 그러나 더 효과가 큰 사람들을 대상으로 삼는 것이 바람직하다. 국민의 세금으로 하는 사업, 내 돈보다 더 아끼고 효과적으로 써야 한다.

윤석일 목사님이 진행을 하셨다. 늘 느끼는 일이지만, 윤 목사님의 지역사회에 대한 애정이 매우 깊다. 강경의 복이다. 정현수 원장님과 두 분의 지역 문제에 대한 열정적 노력, 강경에 업이 들어왔다고 생각한다. 기후 해설 교육을 맡은 효은이 엄마가 동영상을 준비해 와서 교육이 알차게 진행되었다. 지난번 교육 때 발표를 잘해서 기회를 준 것인데 내 판단이 옳았다.

정 원장님이 우리 교육에 대해 여러 차례 말씀을 하셔서 그만하시라고 만류할 정도였다. 일에 대한 명확한 판단과 배려가 뛰어나시다. 오늘 교육은 대성공이다.

양림동은 근대 역사 문화재가 많았다. 기독교가 우리나라 발전에 기여한 공로를 인정하지 않을 수 없다. 후진 국가를 위하여 먼 이역에 와서 수고를 아끼지 않은 분들에 대하여 감사했다. 그런 것이 참다운 기독 정신이 아닌가. 그런데 요즘은 그 기독 정신은 어디로 간 것일까. 편협한 이기주의에 물든 것 같아서 안타깝다. 광주 수피아여고에 처음 갔다. 역사가 있는 학교답게 모든 것이 정리되어 있다.

우리의 답사를 돕기 위하여 해설사 네 분이 나왔다. 광주 남구청에서는 자기들 지역의 방문객을 위하여 해설사를 양성하였다고 한다. 잘하는 일이고, 고마운 일이다. 해설사가 준비를 철저히 해 왔다. 녹차를 준비해 와서 휴식 시간에 우리를 대접하고, 오래된 나무를 설명하기 위하여 그 나무 열매로 만든 목걸이도 하고 왔다.

이렇게 잘 준비한 것을 볼 때마다, 내가 학교에 근무할 때는, 저 사람이 우리 학교 선생님이었으면 좋겠다고 생각했었다. 이렇게 성실한 사람은 여러 사람을 기쁘게 한다. 어떤 일을 맡으면 이런 정신으로 임해야 하는데 많은 사람들이 왜 그러지 않을까. 어떤 직책을 편하게 유지하려 하거나 그 직職이 마음에 들지 않는다면 허투루 자리를 차지하지 말고 집에서 그냥 편히 쉬어야 한다.

점심 식사도 정현수 원장님이 성의껏 준비하셔서 지방의 특색 음식인 오리탕을 맛있게 먹었다. 우리 협의회에서 제공하는 비용이 얼마 되지 않는데, 다른 돈을 보탤 수 있어 매우 다행이다. 교육을 효과적으로 하려면 이런 규정의 개정이 필요하다.

식영정에 오르고 난 뒤의 일정은 원래 죽림원이었는데, 폭염에 노인들이 많은 우리 일행으로서는 좀 무리한 일이다. 그래서 내가 가사문학관 관람을 주장했다. 지난번에 교장 연수차 왔을 때에 좋은 인상이 남아서였다. 내가 가사문학관에 대해 간략하게 설명하고 버스를 돌려서 문학관에 갔다.

미리 협의하지 않은 관계로 해설사는 다른 방문객들을 안내하고 있었다. 문학관의 동영상 상영 시간도 멀었다. 난감했다. 어떤 일을 그렇게 하는 것이 좋을 것 같아서 내 주장을 하고 나면 그 일이 끝날 때까지 나는 긴장하여야 했다. 학교의 초청 강연이 그랬고, 아이들 진로 탐색 프로그램을 운영할 때에도 늘 그랬다. 그러나 대개는 내 판단이 옳았다.

이층에 가서 해설사에게 그 해설이 끝날 때까지 우리가 문학관에서 동영상을 보게 해 달라고 했더니 응해 주었다. 덕분에 더위에 지친 일행은 시원한 곳에서 가사 문학에 대한 공부를 할 수 있었다. 20분쯤 뒤에 해설을 마친 해설사가 와서 우리를 안내했다. 전에 만났던 해설사는 아니었으나 훌륭한 해설사와 함께 일하는 분이어서인지 상당히 능란하게 해설을 했다.

역시 역사문화학교 수강생답게 그 해설에 집중했다. 그 모습을 보며 내가 일정 변경을 주장한 판단이 그르지 않았다고 생각했다.

57

드디어 백두산에 가는 날이다. 중국에 연수를 갔던 공무원들이 사고가 나서 아내는 불안해했다. 또 세월호 사고로 인하여 배를 타는 것도 두려움을 주는 일이었다. 가지 않았으면 했다. 과부가 되기 싫겠지. 아내는 어떤 일에 늘 겁을 먹는다. 좋게 말하면 신중한 것이고, 나쁘게 말하자면 무기력하다. 7월로 계획된 여행이 메르스 때문에 연기되었는데, 여행 중에 사고가 생긴다면 내가 어디에 있든지 사고를 피치 못할 팔자라는 말로 안심시켰다. 그러면서도 나 자신도 내심 불안감을 떨칠 수는 없었다.

인천까지 차를 가지고 갔다. 낯선 사람들과의 여행이라니, 차라리 그게 편할지도 모르겠다. 익명의 편안함도 있다. 룸메이트나 좋은 사람을 만났으면 좋겠다. 2박이지만 마음에 들지 않는 사람과의 이틀 밤은 매우 길 것이다.

시간이 되어 배를 탔다. 생각보다 큰 배여서 안심이 되었다. 당초에는 비행기를 타기로 했었는데 배로 바뀌었다. 경비는 20만 원이 줄었지만 탐탁찮은 일이다. 그러나 비행기를 탈 때처럼 화물을 탁송하지도 않고 찾는 시간도 필요치 않아서, 그 점은 좋았다. 무슨 일이거나 좋기만 한 일이 없고 나쁘기만 한 일은 드물다. 좋은 것도 나쁜 것을 가지고 있고, 나빠 보이는 것도 좋은 점이 있다.

238

밤을 새워 배를 타고 가야 해서 약간 걱정을 했다. 내가 헝클어진 모습으로 자는 것을 남에게 보이기 싫었다. 그런데 다행히 각자의 침실이 따로 있었다. 침구도 깨끗하여 몸을 눕히기에 꺼려지지 않았다. 러시아에서 횡단 열차를 탔을 때에도 침구가 눅눅하면 어쩌나 걱정했는데 그렇지 않던 생각이 났다.

더위에 몸은 땀으로 범벅. 샤워 시설은 기대하지도 않고 그냥 잠을 청하는데, 일행 한 사람이 샤워를 하러 간다고 하여 따라나섰다. 샤워실이 낡고 불결했으나 땀을 씻어 낼 수 있다는 것을 다행으로 여기고 대충 씻었다. 그리고 깊지 않은 잠이 들었다.

잠자리가 낯설어서인지 일찍 일어났다. 갑판에 서서 혼자 미명未明에 바라보는 바다는 단조로웠다. 할머니들 몇이 새벽 운동을 하고 있었다. 언젠가 중국에 갔을 때 공원에서 무리지어 운동을 하는 노인들이 있었다. 우리도 그들을 따라가고 있다. 중국이 이 점은 우리보다 앞섰다.

배가 단동에 닿았는데도 접안接岸을 하지 않고 요지부동이다. 입국 수속을 마치고 나니 11시가 넘었다. 버스를 타고 광개토대왕비로 향하였다. 혼자 온 듯 홀로 앉아 있는 사람 곁에 앉았다. 이야기를 해 보니 사람이 유순하고 소박하여 이틀 밤을 같이 지내기에 좋을 듯했다.

가깝게 가는 길이 공사 중이라서 돌아가야 하는데 네 시간이 더 길어져서 여덟 시간이 걸린다 한다. 포기하자는 의견도 있었으나 많은 사람들이 가고자 했다. 어두운 밤이 되어서야 도착한 광개토대왕비는 위용이 대단했다. 감격이었다. 곁에 있는 장수왕릉을 어두운 길을 더듬어 찾았다. 손전등을 준비하지 않은 것이 후회가 되었으나 어쩌지 못하는 일이었다. 그런데 인생도처활인불人生到處活人佛이라더니 불을 밝혀 주는 이가 있었다. 그 덕분에 계단이 많고 고르지 못한 길임에도 무사할 수 있었다. 올라갔던 길을 다시 내려와 자정을 넘기고 1시가 가까워서야 호텔에 도착했다. 나는 여행을 주관하는 사람에게 부탁하여 뜻대로 룸메이트가 결정되었다. 다행이다. 제법 큰 호텔인데도 모닝콜이 되지 않는다 하여 긴장하고 잠이 들었다.

여섯 시 반에 버스가 출발했다. 기나긴 시간 버스를 타고서야 백두산 아래에 도착했다. 저들 중국 사람들 표현대로라면 장백산이다. 우리는 백두산을 가지 못하고 장백산을 오르는 것이다. 오르는 길에 빗방울이 떨어져서 이번에도 천지는 보지 못하려나 걱정했다. 다행히 구름이 걷히어 잠깐의 비로 더욱 깨끗해진 천지를 볼 수 있었다. 비가 온 뒤라 무지개까지 떴다. 이 역시 감격적이다. 두 번의 여행에 백두산을 세 번째 올라 천지를 보았다.

백두산 가는 길이 멀어서 이것으로 일정은 끝이다. 저녁에 북한 식당에서 식사하였는데, 처음이 아니라서 아무런 느낌이 없었다. 노래하는 처녀가 있었는데 얼굴은 그리 예쁘지 않았으나 태도가 다소곳하여 인기가 좋았다. 몇 사람이 노래를 마친 처녀에게 만 원 하는 꽃다발을 사서 주었다. 그 돈은 그 처녀가 가지는 것이 아니라 북한의 나랏돈이 될 것 같았다.

먼 길을 계속하여 버스를 타는데, 버스의 안전띠가 고장이라 불안했다. 우리나라 버스는 자리마다 물건을 넣어 둘 포켓이 있어 편리한데 그렇지 않았고, 좌석의 팔걸이도 고장이다. 좌석은 미끄러운 천으로 되었는데 또 앞으로 기울어서 몸이 편치 않았다. 다시 먼 길을 되돌아 또 한 시가 가까워서야 호텔에 도착했다.

압록강 유람선을 타는 등 몇 군데를 거쳤다. 점심으로 삼겹살을 먹었는데 우리 돼지와 맛이 달랐다. 생각해 보니 우리 돼지고기는 마치 공장에서 나오는 물건처럼 빠르게 살을 찌워 낸 것인데, 그들은 양돈 기술이 뒤져서 오히려 제맛을 지닌 것이다. 즐거운 식사였다.

지난해 내 정년을 기념하여 직원들 몇 사람과 난징에 갔을 때에는 음식 때문에 고생했다. 몇 번의 중국 여행에서 처음 있는 일이었다. 나이가 드니 낯선 향료에 대한 적응력이 떨어졌는가 하여 쓸쓸했다. 블라디보스토크에서도 그랬다. 이번에도 그러면 어쩌나 걱정했는데 그렇지 않아서 다행이다. 먹고 자는 것이 고통스런 여행은 여행이 아니다.

누구의 강요가 아니라 내 스스로 선택한 여행인데도 돌아간다니 마음이 편하다. 올 때 탔던 배, 같은 자리라서 좀 편했다. 술판이 벌어졌지만 나와는 성향이 다른 사람들이라 어울리지 않았다. 그 대신 어두운 조명 아래서 책을 읽었다. 여행을 갈 때에 책은 꼭 필요하다. 오랫동안 매어 있어야 하는 무료한 시간을 혼자서도 즐길 수 있다.

<u>61</u>

전날 다섯 시 반에 탄 배를 아홉 시가 넘어서 벗어났다.

입국 수속에 긴 시간이 걸리지 않았으나 열 시가 되었다. 우리 땅에 돌아오니 마음이 편하다. 고기도 제가 놀던 방죽이 좋다더니 정말 그렇다. 다시 한 번 우리나라같이 좋은 나라에 태어난 것에 감사했다.

아들에게 전화하여 같이 집에 가자고 했다. 서둘러 인천까지 온 아들과 함께 소래포구에 갔다. 그 유명한 소래포구를 나는 처음 왔다. 나는 그동안 참 우물 속에서 나오지 못한 개구리였다.

포구를 왔다 갔다 하다가 겨우 생선 조금을 샀다. 모처럼 아들과 둘이서만 긴 시간을 보낸다. 즐거운 일이다. 뭐니 뭐니 해도 피붙이와 함께 보내는 시간이 즐겁다. 이것 또한 나의 옹졸한 발상일까.

공주문화원 시 창작 교실에 강의하러 갔다. 본래 나태주 선생께서 맡은 강좌인데, 갑자기 일이 생겼다고 날더러 대신하라 한 것이다. 무슨 일이 생겼을 때에 그 일을 대신 맡길 사람이 있다는 것도 좋은 일이지만, 그 일을 대신해 줄 사람으로 지목받는 일도 좋은 일이다.

공주는 우리 논산보다 거주 인구는 적지만, 문화 인구는 훨씬 더 많은 곳이다. 박정란 선생이 전화하여 저녁을 같이하자고 해서 강의 시간보다 훨씬 일찍 갔다. 박 선생은 오래오래 전 내가 충남문인협회의 지방 순회강연으로 조남익 선생과 짝이 되어 공주에서 강연할 때 처음 만났다. 그날 강연이 아주 좋았다. 어느 예식장으로 기억되는 곳에서 가진 강연은 청중이 많았다. 주로 여성이었는데, 모두가 아름다운 함박꽃 같았다.

그날을 생각할 때마다 나는 함박꽃이 생각난다. 그 눈부시게 아름다운 청중은 내 강연에 집중했고, 나는 많은 사람들 앞에서 말하는 것이 이렇게 즐거울 수 있다는 것을 처음 깨달았다. 잊을 수 없는 강연이었다.

나의 강연에 귀 기울이고 공감해 준, 훌륭한 청중들 덕택에 몇몇 분들이 나를 좋은 인상으로 기억하였다. 그중의 한 분이 박 선생이다. 그 뒤로 가끔 행사에서 볼 때마다 인품이 좋은 것을 느낄 수 있었다. 좋은 사람을 만나는 일은 무엇보다 즐거운 일이다. 특히 나태주 선생 문학 토크 쇼를 할 때에 진행이 아주 뛰어났다. 시종始終 부드럽고, 새로운 화제를 이끌어 내는 솜씨는 능란했다. 논산에도 저런 분이 있다면, 하고 부러워했다. 끝나고 나서 내가 만약 그럴 일이 있으면 진행을 맡아 달라고 부탁하기도 했다.

나 선생께서 소소한 문학 이야기를 하라고 하셨기에 첫 시간은 박용래, 김관식 시인과 논산에 관한 이런저런 얘기를 하였다. 둘째 시간은 내가 좋아하는 김종길 시인의 「성탄제」를 읽으면서 표현 방법과 그 감동에 대해 말했다. 강의가 다 끝나고 나서야 '소소한 문학 이야기'라는 것은 갑작스런 강의 요청에 너무 부담을 가지지 말라는 배려였음을 알았다. 그 시간은 시 창작 강좌의 첫 시간이었다. 그런 줄 알았더라면 더 좀 문학에 대한 것을 준비할 걸 그랬다. 그런데도 잘 들어 준 수강생들이 고맙다. 역시 수준 있는 수강생들은 그 강의를 더 성공적으로 이끈다.

강의하는 것도 즐거운 일이었으나 좋은 사람들을 만나는 일이 더 좋았다.

비 오는 소리 참 듣기 좋다.

오랜 가뭄에 오는 비라니….

농사짓는 사람에게 이보다 반가운 소리 없어라.

예로부터 선비의 글 읽는 소리, 아이의 울음소리, 아낙네의 다듬이
질 소리가 듣기 좋은 세 가지 소리라 하였다. 좋은 소리를 생각해 보
았다.

아이들 재깔거리는 소리.

가뭄에 뚝뚝 굵은 빗방울 떨어지는 소리.

기다리는 사람 문 여는 소리.

새벽에 깨어 밀린 책을 읽었다.

이 책들은 누군가가 심혈을 기울여 글을 쓰고 만만찮은 출판비를 들여 만든 책이다. 그런데 나는 그 책을 매우 귀하게 대접하지 않을 때가 있다. 책을 받을 때는 기쁘지만, 받고 나서는 개봉도 하지 않은 채여러 날을 지내기도 한다. 책을 보내 주어 고맙다는 인사를 전하는 경우도 있지만, 어느 때는 그 인사도 차리지 않은 채이다.

내가 문단에 들어섰지만, 이름을 널리 알리지 못하였을 때에는 누가책을 보내 주면 매우 반갑고 고마웠다. 그러나 언제부턴가 나는 그 마음을 잃고 말았다. 문학에 대한 열정이 식었기 때문이다. 그만큼 내인생이 시들해진 것이다. 그럴 때마다 내 자신이 안쓰럽다.

이렇게 차츰 열정이 식는다면, 머지않아 내 인생이 싸늘해질 것이라는 두려움도 느낀다. 내가 늘 말하던, '열정이 없는 사람은 걸어 다니는 시체'가 되어 가는 것이다.

누가 죽어 가는 것을 보고 방관한다면 그것은 크나큰 죄를 짓는 일이다. 그를 살리든 살리지 못하든 살리려는 노력을 해 봐야 한다. 그런데 내 자신이 죽어 가는데, 그걸 알면서도 아무런 노력도 하지 않는다면, 그런 사람은 이미 죽을 만큼 죽어 있는 것이다.

나를 방기放棄해서는 안 되겠다. 나는 아직 젊고 할 일도 많다. 무언가 내가 할 일을 찾아야 한다. 그래야 내가 제대로 살아 있을 수 있다.

노력하지 않는 사람, 힘써 일하지 않는 사람은 진정 살아 있다 말할 수 없다.

65

오랜만에 논에 갔다.

처음 모를 심고서는 하루가 멀다 하고 논에 갔는데 벌써 태만한 농부가 돼 버렸다. 농작물은 주인의 발소리를 들으며 자란다는데, 나 같은 건달 농부의 작물이 제대로 자라기는 어려운 일이다.

철 따라 산에 꽃이 피듯이 논에는 잡초가 난다. 잡초를 그냥 두면 잡초에 치여 벼가 자라지 못한다. 그래서 잡초를 뽑아야 한다. 논에 나는 잡초 가운데 가장 힘든 상대가 피다. 피는 어렸을 때에 뽑아야 한다. 피는 벼보다 쑥쑥 자라고 뿌리가 실해서 어렸을 때에 뽑지 않으면 뽑기가 어렵다. 그야말로 호미로 막을 것을 가래로 막아야 한다.

우리 논에는 가막사리, 사마귀풀, 기생여뀌가 많다. 이것들은 벼와 모양이 아주 다르기 때문에 쉽게 눈에 띈다. 그러나 피는 벼와 흡사해서 나 같은 초보 농사꾼은 구별할 수가 없다. 오래 농사를 지은 사람에게 물어보면 아무것도 아니라는 듯이 이야기한다. 그러나 나 같은 초보는 금방 설명을 듣고서도 논에 들어가면 쉽게 구별이 되지 않는다.

피인데 뽑지 않으면 화근이 될 것이요, 벼인데 뽑으면 죄 없는 생명을 죽이는 일이다. 그 어느 쪽도 선택하고 싶지 않은 일이다. 한참을 들여다보아도 이것이 잡초인지 피인지 도저히 판단이 서지 않는다. 어

쩐다. 난감한 일이다. 둘러보니 저만치서 후배 하나가 일을 하고 있
었다. 그 사람을 불러 또 한 차례 강의를 들었다. 그러고 보니 동네
사람 모두가 나의 선생님이다.

내가 모르는 것이 이렇게 많다니, 하고 새삼 놀란다.

새벽에 일어나니 안개가 자욱하다. 한 치 앞도 보이지 않는다.

내 인생에서도 그럴 때가 있었다. 첩첩산중疊疊山中, 정말 그랬다. 산을 하나 넘었는가 하면 앞에 또 큰 산이 버티고 서 있었다. 이젠 협곡을 빠져나왔는가 싶으면 절벽이 앞을 가로막았다. 어디서도 빛이 보이지 않아 출구를 찾을 수가 없었다. 막막했다.

그때에 어느 선배가 말했다. 그냥 움츠리고 죽은 듯이 지내라고 귀띔해 주었다. 묵묵히 정도만 걸으면 모든 문제가 다 해결되는 것이라고 했다. 그 말대로 그렇게 엎드려 지내다 보니 어둠이 걷히고 마침내 빛이 있는 세계로 나왔다.

나는 이렇게 구렁텅이에 빠졌을 때에 늘 미래를 낙관적으로 예측한다. 잘 되겠지, 더 잘 되려고 그래, 하고 나를 위로한다. 그것이 상처를 줄이고, 덜 아파하는 방법이다.

'이 또한 지나가리라.'라는 말은 본래 부귀영화가 헛되다 한 말이지만, 고통도 언젠가는 그렇게 녹아 없어진다는 섭리를 담고 있다.

기쁜 일이 있으면 삭아 없어지기 전에 마음껏 즐기고, 괴로운 일이 있으면 그 끝을 생각하기로 하자. 모든 것의 끝은 그리 멀지 않다.

새벽에 일어나 밖에 나오니 모든 것이 깨끗하다. 흐트러져 있던 것들
도 잘 정돈된 것처럼 보인다. 더러운 것들을 밤새 하느님이 부드러운
손으로 닦아 놓으시고 간추려 놓으신 것이다.

사람만이 밤을 지내고 나서도 저들처럼 깨끗해지지 못하는 것은 집
안에서 문을 단단히 걸어 잠그고 있었기 때문이다.

아침 이슬은 하느님의 물걸레질 자죽.

68

오래 잊고 지냈던 몇 사람에게 전화.

멀리 떨어져 있어 만나지 못하니 전화로나마 안부를 물었어야 할 사
람들이다.

너무 오래 잊고 살았다. 그때는 하루에도 몇 번씩 전화를 걸고, 자주
만났던 사람들인데.

몸이 멀어지면 마음도 멀어진다는 말, 헛말 아니다.

69

제라늄이 꽃을 피웠다. 제라늄은 언제나 꽃을 피운다. 피었던 꽃이 지기 전에 또 새로운 꽃이 핀다.

내가 쓰던 교장실은 방이 넓었다. 그리고 남향이었다. 창턱에 올려놓은 제라늄 화분은 튼튼하게 잘 자랐다. 꽃의 빛깔이 유난히 예쁘고 잎사귀의 무늬도 적당히 선명했다. 때때로 꽃을 바라보고, 그 향기를 맡는 것은 매우 즐거운 일이었다.

그래서 틈이 날 때마다 제라늄의 줄기를 꺾어 삽목을 했다. 이내 뿌리가 나고 잎이 무성하게 자랐다. 그러면 꽃이 핀다.

적당한 크기로 예쁘게 자란 화분이 있었다. 언제나 성실하게 자기 몫을 하는 강 선생이 왔기에 그 화분이 예쁘냐고 물었다. 그렇다기에 그러면 가져가라고 했다. 그는 잠깐 망설이더니, 너무 예뻐서 차마 가져가지 못하겠다고 그냥 내 방에 두고 보라고 했다. 그래서 더 이상 권하지 않았다.

며칠 후 졸업생 영숙이가 왔기에 그 얘기를 하고 나서 화분을 가져가라 했다. 그녀는 사양하지 않고 덥석 화분을 집어 들었다. 이것이 사제간이다. 나의 호의를 쾌히 받아들이는 그녀가 고마웠다.

그 제라늄은 지금도 영숙이네 베란다에서 영숙이처럼 예쁘게 꽃을 피우고 있을 것이다. 생각만으로도 기쁜 일이다.

고산면 미소시장에 갔다. 고산은 예전에는 우리 동네와도 교류가 있던 곳이다. 면 소재지지만 시가지의 규모가 상당하여 상권이 크게 형성되어 있었다.

오래 전에는 최 교수님을 모시고 구비문학 채록을 나갔다가 버스가 끊겼다. 돌아갈 수가 없어서 어느 주막집에서 일박을 한 적이 있었다. 그때 젊었던 과수댁 주모는 할머니가 되고 올망졸망 어렸던 아이들은 이제 어른이 되었겠다. 짧은 시간의 만남, 몇 시간 동안 그 신세타령을 들어 준 것에 불과하지만 오래 기억에서 지워지지 않는다. 그녀의 형편이 너무나 신산辛酸했던 때문이리라.

어디선가 그들이 넉넉하고 편안하게 살아가기를 빌었다.

일행은 여섯이었다. 원래 일곱 명이서 점심 식사와 낮술을 할 예정이었으나 한 사람이 빠져 여섯이 되었다. 고등학교 동창 스물 몇 명 가운데 죽이 잘 맞는 친구들이다. 그래서 어쩌다 시작한 자리가 계속 이어져 거의 정기화가 되었다.

개인 사업을 하는 사람을 제외한 네 사람은 퇴직을 하여 시간의 자유를 얻은 사람들이다. 그리하여 점심에 만나면 낮술을 먹으면서 길게 점심을 먹는다.

낮술은 할 일이 적은 사람이 누리는 특권이다. 그러자면 자리가 길어져서 흔히 두 시간을 넘긴다. 오늘도 예외가 아니어서 두 시가 훌쩍 넘어서야 끝이 났다.

그동안의 화제는 어떤 친구의 인간성이 나쁘다는 성토와 안타까움 등등. 한 친구가 누구의 흉을 보기 시작하면 모두가 그에 동참하여 허물이 첩첩이 쌓인다. 그러다 길어지면 또 누군가가 나서서 그 얘기는 그만 하자고 제동을 건다.

화제 전환, 가정생활의 대소사, 건강 문제 등 사소한 일상사들이 뒤를 잇는다. 그야말로 시간을 보내는 데 도움이 되는 시시껄렁한 것들이다.

드디어 낮술에 얼큰하게 취해서야 자리를 끝내고 일어섰다. 한 친구가 이렇게 헤어지기 섭섭하니 노래방에 가자고 제안했다. 노래방을 찾아갔으나 문이 잠겨 있음을 확인하기를 네 번, 세 시 전에 영업을 시작하는 노래방은 끝끝내 찾지 못했다.

어느 시인은, "오후 세 시는 무엇을 하기에 너무 이른 시간이고 무엇을 하기에도 너무 늦은 시간이다. 점심을 먹기에는 너무 늦은 시간이고 저녁을 먹기에는 너무 이른 시간이다."라고 했다. 우리에게 오후 세 시는 노래방에 가기에 너무 이른 시간이었고 집에 돌아가기에도 너무 이른 시간이었다.

결국 노래방은 포기하고 커피를 마시기로 합의, 발길을 돌렸다. 커피는 모범 납세자로 선정된 친구가 샀다. 그 친구는 모범 납세자로 선정되어 상품권 이 만원을 받는다고 한다. 읍사무소에 나와서 수령하라기에 은행지점장 출신인 친구는 번거롭다며 안 가겠다고 하였단다. 그랬더니 읍직원이 받으러 오는 것이 도와주는 것이라고 하더란다. 우리는 모두 입을 모아 축하했다.

또 무성한 말들이 오갔다. 자주 만나는 사람끼리는 할 이야기가 많다. 그러나 이따금 만나는 사람과는 할 이야기가 적다. 자주 만나는 사람에게는 엊저녁 꿈에 누구를 만나 어쨌다거나 이웃집 강아지 밥 먹는 버릇까지 별별 이야기를 다하자니 그렇다.

또 한 시간 넘게 시덥잖은 말들을 나누고 자리에서 일어났다. 그 친구는 상품권을 수령하러 읍사무소에 갔고 나는 책을 빌리러 도서관으로 갔다. 허영자 선생님께서 강연 중에 『부생육기』에 대해 말씀하셔서 도서관에 부탁해 놓은 것이다. 지난 번에 찾다가 찾지 못했는데 아직도 찾지 못했단다. 대신으로 박완서의 단편전집 두 권을 빌려 집에 왔다. 오늘밤에 일찍 자기는 글렀다.

내가 오늘 건 걸음은 5,000 걸음이 넘는다.

72

헐겁게 살자, 개운하게 살자, 다짐을 한다.

단순하게 생각하고, 가급적 좋게만 생각하자고 나를 타이른다.

그랬으면 좋겠다.

아름다운 식탁

초판 1쇄 인쇄일 2018년 12월 20일
초판 1쇄 발행일 2018년 12월 26일

지은이 권선옥
펴낸이 양옥매
디자인 임홍순 송다희

펴낸곳 도서출판 책과나무
출판등록 제2012-000376
주소 서울특별시 마포구 방울내로 79 이노빌딩 302호
대표전화 02.372.1537 **팩스** 02.372.1538
이메일 booknamu2007@naver.com
홈페이지 www.booknamu.com
ISBN 979-11-5776-655-0 (03810)

이 도서의 국립중앙도서관 출판예정도서목록(CIP)은
서지정보유통지원시스템 홈페이지(http://seoji.nl.go.kr)와
국가자료종합목록시스템(http://www.nl.go.kr/kolisnet)에서 이용하실 수
있습니다. (CIP제어번호: CIP2018040476)

* 이 도서는 한국문화예술위원회, (재)충남문화재단에서 기금을 보조받아 발간되었습니다.